文春文庫

薫《くん》風《ぷう》鯉《こい》幟《のぼり》

酔いどれ小籐次（十）決定版

佐伯泰英

文藝春秋

目次

主な登場人物

赤目小籐次《あかめことうじ》　元豊後森藩江戸下屋敷の厩番。藩主の恥辱を雪ぐため藩を辞し、大名四家の大名行列を襲って御鑓先を奪い取る騒ぎを起こす（御鑓拝借）。来島水軍流の達人にして、無類の酒好き

赤目駿太郎　刺客・須藤平八郎に託され、小籐次の子となった赤子

おりょう　大身旗本水野監物家奥女中。小籐次の想い人

久留島通嘉《くるしまみちひろ》　豊後森藩藩主

久慈屋昌右衛門　芝口橋北詰めに店を構える紙問屋の主

観右衛門　久慈屋の大番頭

おやえ　久慈屋のひとり娘

浩介　久慈屋の手代。おやえとの結婚が決まる

国三　久慈屋の小僧

秀次　南町奉行所の岡っ引き。難波橋の親分

新兵衛　久慈屋の家作である長屋の差配だったが惚けが進んでいる

お麻　新兵衛の娘。亭主は錺職人の桂三郎、娘はお夕
勝五郎　新兵衛長屋に暮らす、小籐次の隣人。読売屋の下請け版木職人。女房はおきみ
うづ　平井村から舟で深川蛤町裏河岸に通う野菜売り
万作　深川黒江町の曲物師の親方。息子は太郎吉
美造　深川蛤町の蕎麦屋・竹藪蕎麦の親方。息子は縞太郎
由太郎　寺島村の大百姓・小左衛門の総領息子
遠州屋増蔵　由太郎を金蔓にする船問屋

薫風鯉幟《くんぷうこいのぼり》

酔いどれ小籐次㈩決定版

第一章　花菖蒲

一

芝口新町の新兵衛長屋の真上、五月の澄み渡った空に鯉幟《こいのぼり》と吹き流しが勢いよく躍っていた。

文政二年（一八一九）仲夏の、遅い朝の間のことだ。

井戸端では赤目《あかめ》小籐次《ことうじ》が手慰みにこしらえた竹の風車がくるくると回っていた。

小籐次は駿太郎《しゅんたろう》のむつきを洗いながら、爽《さわ》やかに晴れ上がった空を見上げた。

版木《はんぎ》職人の勝五郎の、ふわっという力のない欠伸《あくび》が井戸端に聞こえた。

「五月《さつき》の鯉の吹き流し、江戸っ子にも似て腸《はらわた》はなしか。なんにしても景気がいいぜ」

勝五郎はいい加減なことを呟《つぶや》きながら羨《うらや》ましそうに空を見上げた。寝巻の腰に煙管《きせる》入れを差し込んだ姿は厠《かわや》の帰りらしい。

「今日はのんびりじゃな」

「ここんとこ、忙しく働いたからな。ちったあ骨休めしなくちゃ身が保《も》たねえぜ」

と応じた勝五郎が、懐《ふところ》から片手を出して腰の煙管入れを抜いた。

「どっこいしょ」

洗ったばかりの樽《たる》を逆さにして乾かしてあるところに勝五郎は腰を下ろした。

「旦那《だんな》も今朝はゆっくりだな」

「勝五郎どのと同じくせっせと働いたからな。今日は駿太郎のむつきを洗ってから湯屋に参る」

小籐次は二十日以上も水戸行きのために江戸を留守にした。

新兵衛長屋に戻った小籐次は無沙汰《ぶさた》をした詫《わ》びに、川向こうの深川蛤町《はまぐりちょう》裏河岸の得意先を筆頭に馴染《なじ》み客の間を熱心に廻《まわ》り、最後に芝口橋際の紙問屋久慈屋の道具を研ぎ終えて一段落付いたところだ。

「朝湯か、いいな。おれも行こう」

と勝五郎は言うと、

「あの鯉幟の主が分るかい、酔いどれの旦那」

と小籐次に訊《き》いた。

「春先から黒板塀の中で造作が行われたようだが、どちら様か引っ越して参られたか」

「天徳寺裏手の新下谷町の薬種問屋歓薬堂本舗の大旦那がさ、素人女に手を付けて囲ったんだよ」

「妾《めかけ》か」

そういうこった、と羨ましそうな顔をした勝五郎が、

「おっ母あ、煙草盆を持ってきてくれ」

と長屋に向って叫び、

「歓薬堂の大旦那ってのが酔いどれの旦那と同じくらいの立派な爺《じじい》だ」

「立派な爺で悪かったな」

「なに、怒ったのか。まだ人間修行が足りねえな。酔いどれの旦那は、新兵衛長屋住まいの貧しくも清らかな浪人だ。だが、並の人間じゃねえ。江都に知られた爺様侍、天下御免御鑓拝借《おやりはいしやく》の金看板を背負っているんだからな」

と取って付けたような世辞を言った。

「天下御免とは恐れ多いが、ものの役には立たぬな」

「まあ、酔いどれの旦那がどう足搔《あが》こうと、勧薬堂の真似《まね》はできないな。なんたって、綾香って妾が若くて綺麗なんだ。体じゅうからそこはかとない色気が漂う十八、九かね。項《うなじ》がすうっとして、肌が透き通るように白くて上品だ。なんでも直参旗本が銭に困って娘を妾に出したっていうがね、武家娘にもあんな色気のある女がいるのかねえ」

勝五郎は口の端から涎《よだれ》を垂らさんばかりの顔付きだ。

「男ってのはどうしてこうも若い女にやにさがるかねえ。どこがいいんだい、雛《ひな》人形のなりそこないのような妾がさ」

勝五郎の背をどんと叩《たた》いた女房のおきみが、

「ほれ、口元が緩みっぱなしだよ」

と煙草盆を差し出した。

「おきみさん、話くらい勝手にさせてやりなされ。これで憂さが晴れるならばな」

勝五郎が竹でできた煙管入れから煙管を抜き出して刻みを詰めながら、

「そうだよ。話くらい好きにさせろってんだ」

「話だけならいいさ。おまえさん、なにやかにや託《かこつ》けてはあの妾のとこに面《つら》を出し、おかみさん、ご町内の者だが、なんぞ御用が生じましたら、わっしをお呼び下さいな、とかなんとか言ってんだろ。こっちはすべてお見通しなんだよ」

「ふあっ、だれが言い付けやがった。棒手振《ぼてふ》りの魚屋か。あの玄の野郎もよく、綾香様のところに面を出してるからな」

「ともかく、あの女は入れ歯屋の囲い者なんだよ。高嶺《たかね》の花だ」

「そんなこと分ってらあ」

と夫婦が他愛もなく掛け合うのを横目に、小籐次は洗い終えたむつきを井戸端に取り出し、桶《おけ》の水を汲《く》みかえて濯《すす》ぎをした。

その間におきみが部屋に戻って、井戸端はまた男二人になっていた。

「女子と小人は養い難しだな」

「勝五郎どのが思わず声をかけたくなるほどの女子か」

「ああいうのを、水もしたたるいい女というんだな」

「おきみさんが奇妙なことを言うたな。入れ歯屋とかなにやらと」

「ああ、あれかい。勧薬堂はさ、口内清浄のお歯磨きで有名な薬屋なんだよ」

「ははあ、分った。入れ歯に歯磨きは付きものじゃからな」

江戸時代、

「口中一切療治、御はみがき」

の看板を掲げた薬種問屋や薬屋があった。

歯磨きにも、白粉、紅粉、黒粉といろいろあって、黒粉とはお歯黒用のものだ。

「勧薬堂はさ、先祖伝来のお歯磨きと入れ歯が売り物だ。おれっちには関係ねえが、大家の隠居は勧薬堂の入れ歯を使うともう余所《よそ》のものは使えないとお気に入りだ。だが、値はすこぶる高いそうだぜ」

「それで勧薬堂の主どのが芝口新町に妾を囲ったというわけか」

「さすがに天徳寺界隈《かいわい》じゃ本妻、奉公人の手前もあるとみえて、潮の香の漂う芝口新町に小体《こてい》の妾宅《しょうたく》を構えなすったというわけだ」

妾宅の手入れが完成し、妾の綾香が引っ越してきたのは、小籐次が水戸に旅していた間のことのようだ。

薫風に勝五郎の吸う煙草の煙が混じって井戸端に漂い流れていく。

「妾には早、男子が誕生したか」

「それだ」

と勝五郎が鯉幟を見上げた。

「あの綾香様が産んだとは思えねえが、二歳くらいの男の子が一緒に住んでるんだよ。おれは、弟じゃねえかと睨《にら》んでるんだがねえ」

「妾のおっ母さんが産んだか。姉様とはだいぶ年が離れておるのう」

「綾香様が十八で末の弟が二歳だとしても、おかしくはあるめえ」

勝五郎は綾香の子とは認めたくないのか、そう言い張った。

「ないこともあるまいな」

「酔いどれの旦那だってよ、孫みたいな駿太郎ちゃんがいるんだものな」

勝五郎の話はとりとめがなく、あちらに行き、また戻ってきた。

その間に小籐次は、駿太郎のむつきと自らの下帯の洗濯を終えて竿《さお》に干した。

「これですっきりと致したな」

小籐次は濯ぎに使った水を、庭に植えられた梅の根元に撒《ま》いた。

「赤目様」

という声が木戸口に響いて、駿太郎をおぶったお夕が長屋に入ってきた。お夕にはもう一人、子守娘が従っていた。

「お夕ちゃん、お陰で洗濯ができたぞ」

「駿太郎ちゃんのむつき、おっ母さんが替えたばかりよ」

「母娘《おやこ》に迷惑をかけたな。湯屋の帰りに甘いものでも買って参ろう」

「赤目様、気にしないで下さいな。長屋の暮らしは相身互いって、おっ母さんがいつも言ってるわ」

小籐次は堀留の石垣に干してあった藁籠《わらかご》を持ってくると、お夕の背から抱き取った駿太郎を座らせた。駿太郎はこのところ一段と体付きがしっかりとしてきて一人で座れるようになり、伝い歩きができるようになった。

「お夕ちゃん、おまえの連れはこの界隈の住人かい」

勝五郎が、絹物を着せられた男の子を背負う子守娘を顎《あご》で指した。背の赤子は駿太郎とほぼ同じくらいで、整った顔をしていた。

「裏ん家《ち》の陸之輔様よ」

「裏ん家って綾香様の家か」

「そう」

子守娘はお夕と同じ年頃か、どこかぼうっとした顔付きだった。

「勧薬堂の大旦那が来ているときは、おさちちゃんが陸之輔様を外でお守するのよ」

お夕は屈託なくそう説明すると、

「おさちゃん、うちに行こう」

とおさちを誘い、井戸端からどぶ板を踏んで小走りに去っていった。

「助かったぞ、お夕ちゃん」

その背に声をかける小籐次に、

「初めて餓鬼の面を見たが、綾香様に似てるような似てねえような」

と勝五郎が呟いた。

「勝五郎どの、他人の家にはそれぞれの事情がござろう。詮索《せんさく》してはならぬぞ。

それより湯に参ろう」

「行くとするか」

と樽から立ち上がった勝五郎が、

「綾香様はよ、どう見たって子を産んだ体じゃねえよな」

と自らを得心させるように言った。

四半刻《しはんとき》（三十分）後、小籐次と勝五郎は加賀湯の湯船に浸《つ》かり、

「極楽極楽」

と呟いていた。

小籐次の腕の中で駿太郎も上機嫌だ。

「赤目様、すっかり父親が板に付きなさったね」

と隠居の太平が笑いかけてきた。

太平は長年、芝口新町の町役人を務めていた老人だ。時折、小籐次は湯屋で一緒になり、顔見知りになっていた。

朝も遅い刻限だ。

男湯の湯船には駿太郎を含めて四人しかいなかった。

「最初、男手一つでどうなるかと思ったが、やればできるものにござる。もっとも、あちらこちらに面倒をかけておるが」

「人間ひとりが育つというのは、そういうことでございますよ」

と太平が言い、

「そういえば、うちの町内にもう一人赤子が越してきましたな」

「勧薬堂のお妾さん家の子どもだね」

「関心がありそうな顔付きですな。やめておきなされ」

「やめておきなされって、なんだいご隠居」

「綾香様の出を承知か、勝五郎さん」

「直参旗本ってんだろ」

「違いますよ」

「侍じゃねえのか」

「幕府御用の幸若《こうわか》舞の二百三十石幸若歌也様分家、幸若顕次郎様の娘御です」

「だれだい、それは」

「城中で、将軍宣下、日光社参、世子誕生の折など式楽が催されますな。そこで舞を披露する方々です。幸若家は一番から三番まであって、室町からの幸若舞を今に伝える家系ですよ」

「するってえと、綾香様は姓を幸若、名を綾香様と言われるのかい」

「そういうことですな」

「城中とも関《かか》わる家柄の娘が、なんで妾なんぞになったんだ」

「そこですな」

「どこだ」

「だから、そこが今一つはっきりとしないんですよ」

「ご隠居の話は中途半端で、体じゅうがむずむずするぜ。肝心要《かなめ》のところじゃないか」

「まあ、そのうち話が洩《も》れてきますよ」

「陸之輔なんてご大層な名だからよ、なんぞ曰《いわ》くがあるとは思ってたよ」

「ほう、勝五郎さんはあの子の名も承知ですか」

「承知もなにも、ついさっき新兵衛さんの孫娘がうちの長屋に子守娘を連れてきたんだよ」

「ははあん、勧薬堂の隠居がお出ましですな」

「そういうこった」

「杉左衛門様は私とおっつかっつの年ですがな、なかなかどうしてお元気ですよ。三日にあげずお通いだ」

「ご隠居、綾香様と陸之輔との関わりはどうなんだ」

「姉弟という者あり、母子という者あり。真実は藪《やぶ》の中ですな」

「ちぇっ、聞くんじゃなかった。却《かえ》っていらいらしてきたぜ」

「それはほれ、勝五郎さんが取りも直さず幸若綾香様に懸想しているという証《あかし》ですよ」

「こちとら江戸っ子だ。すっきりと片をつけてほしいだけだよ」

「気持ちは分りますが、ともかく他人の持ち物です」

「分ってらあ」

と最後は勝五郎が苛立《いらだ》って、その話は打ち切りになった。

加賀湯の帰り、妾宅の前に駕籠《かご》が止まり、玄関からひょろりとした年寄りが姿を現し、

「この節、物騒ですからね、戸締まりをきちんと願いますよ」

と声をかけると、大股《おおまた》で飛び石を伝って駕籠に乗り込んだ。

小籐次は玄関先に白い顔が覗《のぞ》いたのをちらりと見た。傍《かたわ》らで勝五郎が溜息《ためいき》を吐《つ》き、駕籠かきが棒に肩を入れて芝口新町から新下谷町へと向った。

「昼前だってのに元気な年寄りだぜ。あんな年寄りに囲われちゃあ、綾香様も立つ瀬がないぜ。そう思わねえか、酔いどれの旦那」

「わしか、なんの感慨もないな」

「ちぇっ、年寄りの誼《よしみ》であの隠居に同情か」

「勝五郎どの、八つ当たりはよくないぞ」

小籐次が勝五郎を諌《いさ》めたが、勝五郎はどうも釈然としない風情だ。

「他人は他人、われはわれ。人それぞれに行く道ありじゃぞ」

「そうは言っても、ちっとばかり銭があってもいいんじゃねえか」

「妾を囲うか」

「いけねえか」

「騒ぎの因《もと》だ。やめておくがよい」

小籐次の背で駿太郎が機嫌のよい声を上げた。

しばらく黙り込んで歩いていた勝五郎が、

「昼酒でも飲むかえ」

と誘惑した。

「すまぬが、一人で飲んでくれ。わしは用があってな」

「仕事は休みだろ」

「仕事は休みじゃが、訪ねたいところがある」

「どこだい」

「うーむ。吉原にな、参る」

「なにっ、酔いどれの旦那も女郎買いに行くってか」

「さかりのついた牡《おす》猫のように往来で叫ばんでくれぬか。わしは用があって行くだけだ」

「だから、その用事とはなんなんだい」

「いささか世話になった花魁《おいらん》に行灯《あんどん》を持参するだけだ」

「今から行ったんじゃ昼見世の最中だぜ」

「わしは登楼するのではない。座敷に出ておるなら、だれぞ奉公人に渡せば済むことだ」

「勿体《もったい》ねえな。折角吉原に行ってよ、行灯渡して帰るだけってか」

「いかぬか」

「おれもお伴しようか」

「断る。あとでおきみさんに談じ込まれても困るでな」

小籐次らは新兵衛長屋の木戸口に戻っていた。

すっかり赤子に戻った新兵衛が、家の前に敷いた筵《むしろ》の上で一人ぶつぶつと言いながら遊んでいた。

「新兵衛さんはいいな。煩悩がすっかり消えてよ」

「だれの煩悩が消えてないんだい」

木戸の中からおきみの問い返す声がして、勝五郎が、

「だれでもねえよ」

と弱々しく呟いた。

二

その日の昼下がり、破れ笠《がさ》を被《かぶ》り、単衣《ひとえ》に裁《た》っ付《つ》け袴《ばかま》を穿《は》いた赤目小籐次は、駿太郎を背負い、腕に風呂敷包みを抱えて吉原に向う五十間道を悠然と下り、大《おお》門《もん》の前に立った。

昼見世の刻限だ。

気怠《けだる》いような、それでいて男心を擽《くすぐ》る艶《つや》がそこはかとなく漂っているのは、「御免色里」ならではか。

小籐次は高札場《こうさつば》の前で足を止めた。有名な、

「医師之外何者によらず乗物一切無用たるべし」

の警告があった。

「子連れで大門を潜《くぐ》ってはならぬ法はなさそうじゃ」

と小籐次は呟くと、

「駿太郎、よく見ておけ。これが華の吉原の大門じゃぞ」

と背の赤子に教えた。だが、駿太郎は小籐次が与えた竹笛を口に咥《くわ》えて、
ぴぃぃ
と吹き鳴らしただけで、板葺《いたぶ》き屋根の冠木門《かぶきもん》にはなんの興味も示さなかった。

待合の辻《つじ》を挟んで右に、吉原の自治の象徴ともいえる四郎兵衛会所《しろべえかいしょ》が、そして、左手には町奉行所隠密廻《おんみつまわ》りの与力同心が詰める面番所があった。

官許の吉原は江戸町奉行所の監督支配下にあった。だが、実際の警備と自治は吉原自身の自治組織である吉原会所、別名四郎兵衛会所に委ねられていた。

小籐次は大門から水道尻《すいどじり》へ延びる仲ノ町に花菖蒲《はなしょうぶ》が綺麗に植えられているのを見て、ほう、と嘆声を洩らした。

高田村の植木職の長右衛門が代々、弥生《やよい》の桜同様に、四月の末になると植えるのだ。限られた日数に飾られる白と紫の花菖蒲は、目が洗われるほどの清々《すがすが》しさを辺りに漂わせていた。吉原はこの花代に六十両を支払っていた。

「一日千両」

の色里ならではの散財である。

廓《くるわ》内に深編笠で面体《めんてい》を隠した武家の姿がちらほらと見かけられるのは、昼見世

ならではの光景だ。

幕藩体制の屋台骨が緩み、武家諸法度《しょはっと》に定められた綱紀が乱れたとはいえ、武家が屋敷を空《あ》けて外で一夜を過ごすのは許されることではなかった。ひとたびなにかあった場合を想定してのことだ。

ために武家は昼見世で遊び、夕暮れ前には素知らぬ顔をして屋敷に帰る習わしができた。

小籐次は花を愛《め》でつつ進み、京町二丁目の辻に差し掛かった。

どこかで犬の吠《ほ》え声がして、駿太郎がまたぴぃいと竹笛を鳴らした。

「これ、遊びの邪魔を致すでない」

小籐次が駿太郎の笛を制止して、通りの中ほどにある大籬《おおまがき》松葉屋の張り見世を覗き込んだ。昼見世でお茶を挽《ひ》いていた三人の遊女が小籐次を所在なげに見て、目を丸くした。

「子連れで遊女買いにありんすか」

「どこかで見かけた爺様のようでありんす」

とひそひそと言い合った。

「花魁、清琴《すがこと》太夫はお座敷か」

「ああ、分った」

と花魁言葉を捨てた遊女の一人が叫んだ。

「ほの明かり久慈行灯の爺様侍、酔いどれ小籐次様だよ」

「たしかに御鑓拝借のお侍ですよ」

と朋輩《ほうばい》同士で会話を交わすと、格子ににじり寄ってきた。

「赤目様、本日は子連れでありんすか」

「目ざわりで相すまぬな」

と笑いかけた小籐次の耳に、二階座敷から賑《にぎ》やかな客の笑い声が聞こえてきた。

「酔いどれ様の孫でありんすか」

無聊《ぶりょう》を持て余した遊女三人が次々に質問した。

「孫ではない。わしの子じゃ」

「なんと、その年で女子に子を産ませなさんしたか」

「悪いか、花魁」

「酔いどれ様、これでなかなか艶福家《えんぷくか》でありんすな」

「清琴太夫も、酔いどれ様のことを口になさるときは、うっとりとしやさんす。どこにそのような魅力がありんすか」

と若い振袖新造《ふりそでしんぞう》が首を傾《かし》げた。

「清琴太夫が忙しいならば、そなたらにこの包みを預けて参ろう」

と小籐次が見世の入口に回ろうとすると、

「お待ちなさんせ。清琴太夫に訊いて参ります」

と語尾を引くように言って若い振新が張り見世から消えた。残ったのは年増《としま》の姉女郎二人だ。

「酔いどれ様、背の赤子の顔を見せておくんなまし」

「駿太郎の顔を見たいか」

小籐次が背を傾けて駿太郎の顔を格子に近付けた。すると、二人が駿太郎の顔をしげしげと見詰めて、小籐次に視線を移し、

「もくず蟹《がに》の酔いどれ様とは似ても似つかぬ、愛らしい顔でありんすわいな」

と思わず洩らした。

「酔いどれ様、ほんとうはだれのお子にありんすか」

「わしの子と申したぞ」

と小籐次が答えたとき、振新が戻ってきた。

「帳場でお待ち下され、と清琴太夫の言付けにありんす」

「座敷の邪魔はしとうないがな」

「清琴太夫のお客ではござんせん。朋輩の初音姉様が御寮に下がっておりますゆえ、清琴太夫がお客様のたっての頼みでお相手を務めておられます」

と若い振新が言い、

「嫌な客でありんす」

と小籐次に囁《ささや》いた。

吉原で馴染みを取り換えることは一番の野暮とされた。

吉原の遊女は、

「仮の女房」

と看做《みな》され、馴染みになると、遊女は客専用の箸《はし》を用意して待ち受けた。まして同じ妓楼《ぎろう》で、馴染みの遊女が御寮に下がっていることを理由に朋輩を指名することはご法度ともいえた。

どうやら清琴は無理強《じ》いされて座敷を務めているようだと思いながら、小籐次は内所《ないしょ》とも呼ばれる帳場への廊下を進んだ。

大籬松葉屋の帳場には立派な縁起棚があって、長火鉢がでーんと置かれてあった。主の歌右衛門と女将《おかみ》のお高が額を寄せて帳簿を見ている。

「おお、そなた様が、世に名高い酔いどれ小籐次様でございますか。清琴から話が通ってますよ。いつぞや参られたときはご挨拶《あいさつ》も致さず、失礼を致しました」

と歌右衛門が愛想よく言った。

「お高、このお方がだれか分るか」

廊下に立った小籐次に妓楼を仕切るお高がじろりとした視線を投げ、

「清琴の客に酔いどれ小籐次様なんて爺様侍がおられたか」

「客ではないぞ。元豊後《ぶんご》森藩の赤目小籐次様というても分らぬか」

「おまえさん、ちょっと待った。大名四家を向うに回して、お一人で主君久留島《くるしま》様の恥辱《ちじょく》を雪《すす》いだ酔いどれ小籐次様かえ」

「いかにも御鑓拝借の赤目小籐次様だ」

と歌右衛門が言うところに清琴太夫が裏階段をとんとんと下りてくると、廊下に立つ小籐次の手を握り締め、

「赤目様」

と嬉《うれ》しそうに呼びかけた。

「花魁、約定《やくじょう》のものができたゆえ持参致した。見てはくれぬか」

「新しいほの明かり久慈行灯ができましたか」

小籐次は腕に抱えてきた包みを見せた。

「早速にも拝見しとうございます」

と応じた清琴が、

「赤目様、まず背の赤子を下ろしなさいませ」

「色里に子連れで相すまぬな」

小籐次が帳場座敷に包みを置いて駿太郎のおぶい紐《ひも》を解くと、清琴が受け取った。

「おうおう、凜々《りり》しいお顔の赤ちゃんでありんすな」

と清琴が女将に見せた。

「酔いどれ様とは似ても似つかないね」

と女将のお高が呟き、

「酔いどれ様、だれの子をおぶってこられました」

と訊いた。

「このわしの子と申してもだれも信じぬな。よいよい、仔細《しさい》を申さねば得心してもらえぬか」

と前置きして、駿太郎を小籐次が育てることになった経緯《いきさつ》を告げた。

「呆《あき》れた」

とお高が叫び、

「酔いどれ様を殺しに来た相手の子を引き取って育てるですって。そんな話、三千世界でも聞いたことがありませんよ」

「女将様、赤目様ならばあり得る話にござんすよ」

と清琴が応じて、

「そなたはよい養父上《ちちうえ》にもらわれましたな」

と語りかけたものだ。

「花魁、稼ぎの邪魔をしてもならぬ。行灯を点《とも》したいが、こちらでよろしいか」

と小籐次が包みを指した。

「いえ、内所はあの明かりに相応《ふさわ》しゅうはございませぬ。旦那様、離れ屋を使うてもかまいませぬか」

「それはいいが、私たちにも見せて下されよ」

と歌右衛門が願った。

「ならば、わしが離れ屋に先に参り仕度を致す。しばらく後に皆様おいで下され」

小籐次は女衆《おんなし》に案内されて、中庭に突き出した茶室四畳半と控えの間の三畳だけの数寄屋《すきや》風の離れに通った。

床柱は赤松か。天井は棹縁《さおぶち》の平天井で、壁は華やかな茶聚楽《ちやじゆらく》と凝っていた。茶掛けの文字は小籐次には読めぬ女文字で、艶な雰囲気を醸し出していた。花瓶に花菖蒲が活けられてあった。

華美を抑えた侘《わ》びの空間だった。

「暫時《ざんじ》お借りする」

障子で閉じられた座敷の床の間の前で小籐次は包みを解《ほど》いた。

女衆が三畳の控えの間に行灯を点して去った。

これまでのほの明かり久慈行灯よりひと回り小ぶりの行灯が姿を見せた。

水戸藩の作事場で小籐次自身が竹と台座になる銘板を吟味し、格別に漉《す》いてもらった西ノ内和紙に、水戸家の狩野《かのう》派の御用絵師額賀《ぬかが》草伯《そうはく》が絵筆を揮《ふる》った行灯の一つだった。

水戸藩ではこの特製の行灯を十基、一つ百両で売り出そうとしていた。

小籐次は油皿に菜種油を注ぎ、灯心を立てた。

控えの間の行灯の火を、初めて点す行灯に移した。

ぼおっとした灯りが茶室風の座敷に点った。

小籐次が三畳間の行灯を吹き消したとき、渡り廊下に人の気配がした。

「赤目様、仕度はようございますか」

期待に震える清琴の声がして、小籐次は控えの間の障子を静かに開けた。

清琴、歌右衛門、お高の三人が、

「拝見させて下され」

と控えの間に入ってきて、四畳半の床の間の前に静かに点る灯りを見た。

三人が期せずして息を呑《の》んだ。

声もなく、ただ灯りを見詰めていた。

どれほどの時が経過したか。

「赤目様、これが新工夫の行灯にございますか」

「ちと贅沢《ぜいたく》じゃが、一つ百両吉原明かりと命名した行灯にござる。西ノ内紙に描かれた四季図は水戸家の御用絵師、狩野派の額賀草伯様の直筆にござる」

「なんというほの明かりで」

「一つ百両とは値のことですか」

お高が訊いた。

「高うはございましょう。御用絵師どのの腕前料にござる。この行灯を十基だけ作り、百両で売り申す。その代わり、職人衆が絵を描いた新ほの明かりはできるだけ安い値を付けることになっておる」

「水戸様の御用絵師に酔いどれ小籐次様が力を合わせたこの行灯、高うはございませんぞ」

と歌右衛門が言い切った。

清琴が控えの間から茶室に入り、一つ百両吉原明かりの前に優雅に座した。すると、西ノ内和紙を透かした灯りが清琴の妖艶《ようえん》にも清雅な顔を浮かび上がらせた。侘びの茶室に幻想が加わり、小籐次らは思わず身震いが出た。

「清琴、酔いどれ様とはなんとも途方もないお方ですな。肥前小城藩《ひぜんおぎ》など四家の参勤行列に独りで斬《き》り込まれたかと思えば、このように言葉に言い尽せぬ繊細にして華麗な灯りをこしらえなさる。どれがほんとうの姿なのか」

「旦那様、どれもが真《まこと》のお姿でありんす」

「頭で分っても、目の前の酔いどれ様の風体とは似ても似つきませぬな。おや、これは失礼なことを」

と歌右衛門が慌て、清琴が、

「赤目様のよいところは、色欲を超えておられることです。天下御免の色里に赤子をおぶって堂々と大門を潜られる殿御がどこにおられましょうや」

「花魁、心憎いことにそれがぴったりとお似合いだ。そんなお侍もなかなかおられませんよ」

とお高が言い、

「なんともよいものを見せてもらいました。これを目の保養と言うのでございましょうね」

と笑った。

「花魁の知恵を借りて、この一つ百両吉原明かりに工夫が付いたのでござる。最初の明かりは花魁にもろうてもらいたいと、水戸から抱えて参った。どうか納めて頂きたい」

驚きの表情で清琴が小籐次を見た。

「わちきは赤目様に他愛もなき言葉《ことのは》を連ねただけにありんす。かように真心の籠《こも》った品を頂戴できましょうか」

「花魁、受け取ってくれねば、わしが困る」

「はてはて」

と清琴が歌右衛門を振り向いたとき、渡り廊下に乱暴な足音が響いた。

「主どの、女将どの、花魁の傍らへ」

と小籐次が言ったとき、控えの間の障子が激しい勢いで開けられた。すると、派手な羽織を着た若侍が三人ほど仁王立ちになっていた。なりから見て勤番者ではない。大身旗本の次男三男か。

「ここにおったか」

「われらを虚仮《こけ》にするにも程がある。座敷に連れ戻るぞ」

と言い放った一人が控えの間に躍り込もうとした。

控えの間の障子の陰に座していた小籐次がその足を払った。前のめりに体を浮かせた若侍が宙を飛び、
ずでん
と畳に顔を叩き付けた。

「ちと不作法でござろう」

小籐次が言うと、仲間の二人が酔眼で睨んだ。

「なんだ、爺侍」

「三枝《さえぐさ》の若様、本日、初音は御寮下がりのところ、たっての頼みもあり清琴が代役を務めさせて頂いたものにございます。そろそろ昼見世も終わりの刻限、またのお越しをお願い申します」

「おのれ、そのほうら、爺侍の相手を致し、客のわれらを蔑《ないがし》ろに致すか。直参旗本三枝家二千七百石の面目《めんぼく》にかけても清琴を座敷に連れ戻る」

畳に顔を叩き付けた若侍が、

「甚之丞、おれがこやつを捻《ひね》り潰《つぶ》す。腹の虫が収まらぬわ」

と起き上がろうとした。

「お待ちあれ」

小籐次が襟元に差した懐紙を摑《つか》み出すと、

ぱあっ

と控えの間の、若侍が起き上がろうとする頭上に舞わせた。と同時に傍らの愛用の次直《つぐなお》を摑むと、抜く手も見せずに鞘走《さやばし》らせ、一閃《いっせん》させた。

重なった懐紙が二つに切り分けられ、次直が虚空にはねて反転し、二つになった懐紙を四つに、さらに八つにと次々に切り刻んでいった。

すいっ

と小籐次が座したまま次直を引くと、控えの間に紙吹雪が舞い散って、一つ百両吉原明かりに浮かび上がった。

「おお、菖蒲の季節に雪が降る。吉原ならではの趣向にありんす」

「花魁、いかにも吹雪か落花か。えもいわれぬ景色ですね」

と清琴とお高が思わず嘆声をあげた。

「こやつ、なにものか。手妻《てづま》を使いおるぞ!」

と朋輩の体の上で披露された妙技に三枝の若様が叫んで、帳場の刀掛から勝手に持ち出した剣を抜き放とうとした。

「およしなさい、三枝の若様」

と歌右衛門が諭《さと》すように言うと、

「若様方がいくら気張ったところで、かすり傷一つ負わせることはできませんよ」

と笑いかけた。

「なんと申した。直参旗本のわれらを虚仮に致すか」

「このお方は、江都に名高い酔いどれ小籐次様、御鑓拝借の兵《つわもの》にございますよ」

「なんと、小金井橋十三人斬りの赤目小籐次か」

「いかにもさようでございます。それでも、そのお方を相手に、習わしに反し刀掛から持ち出した刀をお抜きになられますか」

歌右衛門のどこか勝ち誇った返答に、三枝らは目玉をぎょろぎょろさせていたが、

「引き上げじゃあ」

と虚勢を張って渡り廊下へ走り戻っていった。

三

小籐次の背で駿太郎がすやすやと眠っていた。

駿太郎は松葉屋の帳場で大勢の花魁衆や女衆にあやされて上機嫌で時を過ごし、小籐次が暇《いとま》を告げると、

「いやいや」

をする仕草さえ見せた。

「駿太郎、その年で吉原に入り浸る癖をつけられてたまるものか」

と言い聞かせ、背におぶった。すると、遊び疲れた駿太郎は大門を出る前に眠

り込んだのだ。それにしても清琴があれほどまでに、

「一つ百両吉原明かり」

を喜んでくれようとは、小籐次の想像の外であった。

そのうえ、清琴は、

「この行灯には絵師額賀草伯様の銘は入っております。さりながら肝心要の赤目小籐次様の名がどこにもございませぬ」

と離れ座敷で小籐次に言い出した。

「花魁、わしの行灯作りは手慰み、草伯先生の絵と一緒になるものか。職人衆がおのれの拵《こしら》える諸道具に名を入れぬと同じように、わしもまたそうありたいと願っておる」

「いえ、赤目様。その理屈、余所では通じてもこの清琴には通じませぬ」

「なぜかな」

「ならばお尋ね申します。赤目様の行灯に額賀様が真筆を揮われたのは十基にございますね」

「いかにもさよう」

「この清琴が頂戴した行灯、十基の内でありんすか。それとも格別な一つにあり

んすか」

「花魁、これはわしが額賀師にかくかくしかじかと願って描いてもらったものだ。行灯も他の十基とは異なり、竹の曲げ方に特別な工夫を入れたりしたものだ」

「ほれ、これは水戸様のご商売とは別の品。赤目小籐次様が清琴のために特別に作って下さった吉原明かりにありんすわいな。となれば、行灯を拵えた主の名がなくては受け取れませぬ」

と清琴が小籐次に行灯を返そうとした。

「それは弱った。水戸様の御用絵師額賀草伯どのの名と一緒に、わが名を並べられようか」

「わちきにとって、御用絵師より赤目様の御名が大事にありんす」

「花魁、わしは大名家下屋敷の厩番《うまやばん》が旧職でござった。字はのう」

「かなくぎ流でも赤目様の署名が要りますわいな」

「ふうっ」

と溜息を吐いた小籐次に、

「赤目様、降参なされ。清琴太夫の願いをお聞き届け下され。これは、偏《ひとえ》に水戸家のためにもなることです」

と歌右衛門が言い添えた。

「ほう、わしが下手な銘を入れることが、水戸様のお為になるとな」

「考えてもみて下され。御三家の水戸様がこのようなことをなさるのは、内証が苦しいからでございましょう」

「いかにも」

「ほれほれ、そこです。いわば赤目様に願ってこのような行灯を作り、江戸で商売をなさっておられるのですな」

「いかにもさよう」

「一つ百両吉原明かりが売れるかどうか、前評判が大事にございますよ。その評判をとる行灯が、ほれ、ここにございます。御三家水戸特製の行灯、御鑓拝借の酔いどれ小籐次様が拵え、御用絵師額賀草伯様が絵を描《か》かれ、その一つが吉原松葉屋の清琴に贈られたのです。この大看板に一つ欠けたものが、赤目小籐次様の名ですよ。この御名が揃《そろ》えば、この行灯、吉原で評判を呼びます。うちにも客が詰めかけます。そのお大尽たちが競って十基の吉原明かりを買い求めます。さらには百両なんて縁のない裏長屋の八公、熊さんだって、ほの明かり久慈行灯を購《あがな》います。吉原で流行《はや》るものが江都で流行り、さらには在方へと広がっていくのです。水戸様の内証が潤うかどうか、ここは一つ、赤目様のご決断次第ですよ」

と歌右衛門にも勧められて小籐次も覚悟した。

離れ屋に筆記用具が運ばれて、清琴自ら墨を磨ってくれた。しばし思案した小籐次は、灯りを消した行灯から油皿と灯心を取り外した。

「花魁、一つだけ願いがござる」

「この期に及んで願い事とはなんでありんすか、赤目様」

「額賀草伯どのと同列はいかにも僭越《せんえつ》至極。それがしの名、行灯の台裏でようござるか」

「ふふふふっ」

と清琴が笑みを洩らし、

「赤目様らしゅうございますな」

とようやく許しを与えた。

「花魁、この行灯からほのかに香りが致さぬか」

「行灯は菜種油を燃やすゆえ、どうしても油の匂《にお》いが漂いますのにな、赤目様の行灯はなにやら白檀《びゃくだん》の香りが漂います。最前から訝《いぶか》しいことと思うておりました」

と清琴が言うのにお高が、

「ほんに、花魁、白檀の匂いですよ」

と首を傾げた。

「花魁、女将どの、秘密はこの台座にござる。白木の白檀に金泥、金箔を施し、そのうえに透き漆《うるし》をかけてござる。しかしながら」

と小籐次が吉原明かりの台座を返した。すると、台座の底だけは白檀の香りがするように白木を残していた。

白檀は栴檀《せんだん》とも呼ばれた。心材は淡い黄色味を帯びて芳香が漂い、仏像や扇の材として用いられる。

「わが名は行灯の底で清琴太夫の身体健全、商売繁盛を祈りとうござる」

小籐次は硯石《すずりいし》の墨壺《すみつぼ》に筆先を浸すと穂を馴染ませた。

「額賀草伯先生、お許しあれ」

と呟いた小籐次が一気に台座の底板に、

「贈清琴太夫」

とかなくぎ流で記すと、傍らに、

「ほの明かり　清琴の面《おも》　四季の艶《えん》」

と下手な五七五を添え、赤目小籐次作と署名した。

「花魁、わしの気持ちにござる。ご笑納あれ」

改めて受け取った清琴が夢中で底板の白檀を凝視し、

「赤目様、大名四家を向こうに回して勝ち戦をやり遂げた酔いどれ様らしい、なんとも豪儀な書体にありんすわいな。清琴生涯の宝にございます」

と感激の面持《おもも》ちで旦那の歌右衛門とお高に行灯を回した。歌右衛門は、

「花魁、これは一つ百両どころじゃないよ。御三家水戸の御用絵師、吉原の清琴太夫に天下の酔いどれ小籐次様と三者揃い踏みの行灯だ。千両でも欲しいという代物に化けました」

と感嘆したものだ。


小籐次はいつしか日本橋に差し掛かっていた。

夕暮れの刻限で御城の傍らに陽が落ちようとしていた。

駿太郎が目を覚ましたか、もぞもぞと動き出した。

「腹が空《す》いたか」

駿太郎が小籐次の問いに答えるように、

「じいじい」

と呼んだ。

「そなたの爺になった覚えはないぞ」

近頃、駿太郎は短い言葉を発するようになっていた。だれが教えたか、じいじいと言葉にするようになった。

小籐次は行灯を清琴に届けたので手ぶらだ。包んでいた風呂敷は畳んで懐にあった。

首に掛けられていた竹笛を口に咥《くわ》えた駿太郎が、
ぴぴい
と大きな音を出して吹いた。

「ほう、段々と力強くなってきたな」

夕風が吹き抜けて乾いた馬糞《ばふん》を巻き上げた。

「こりゃ、いかぬ」

と小籐次が口を片手で押さえたとき、

「銭泥棒です。だれか捕まえて下され！」

という絶叫が平松町の中ほどから響いて、さあっ、と往来する人の群れが左右に分れた。

平松町は東海道でもある通《とおり》一丁目の南に延びた両側町だ。

小籐次が声のほうを見ると、なんと侍二人と武家娘が小籐次の足を止めた辻に向って必死の形相で逃げてくる。

先頭の侍が、

「泥棒はわれらではないぞ。われらは追っ手じゃ」

と叫びながら走ってきて、その傍らを白い脛《すね》もあらわに娘が従っていた。

小籐次は娘の頭髪を飾る何本もの櫛笄《くしこうがい》が黄金色に光っているのを見た。それにしても武家娘にしてはなんとも大胆な走りっぷりだ。

三人の背後から番頭とおぼしき男が裸足《はだし》で追いかけていた。

「その三人、泥棒です。売り物の櫛笄も奪われました!」

と必死に声を嗄《か》らして叫んでいた。

小籐次は破れた菅笠《すげがさ》の縁に差し込んだ竹とんぼを抜くと、間合いを計って捻《ひね》り飛ばした。

ぶうーん!

小籐次の手を離れた竹とんぼは、夕暮れの淡い光を浴びて馬糞が舞い上がる地

表近くにまで一旦下りると、水平に飛翔を続け、刀の柄《つか》に手を掛けた先頭の侍の手前で、

ひゅーん

とせり上がったかと思うと、頰《ほお》の辺りを、

すぱっ

と撫《な》で斬った。

小籐次が破れ笠に差し込んだ竹とんぼの両端は、刃《やいば》のように鋭く薄く削ってあった。それが回転して襲ったのだ。

頰の肉をすっぱりと斬り裂いた竹とんぼに驚いた侍が、両足を絡ませてその場に倒れ、白い脛をあらわにして続いていた娘が倒れた仲間の体に足を取られて転んだ。

「おのれ!」

最後の一人が剣を抜いて小籐次に走り寄ってきた。

小籐次の背で駿太郎が、

ぴぴーい!

と竹笛を吹いた。

小籐次は侍の腰高の動きを認めると、懐に折り畳んで入れていた風呂敷を摑み出し、突進してくる相手に向い、

発止！

と投げ付けた。

風呂敷が顔の前で解けて広がり、相手の視界を塞《ふさ》いだ。その瞬間、小籐次が、

するり

と身をずらすと、その直後に相手の刃が今まで小籐次が突っ立っていた虚空を無益にも斬り下ろした。

小籐次の足が、前のめりになる相手の足を刈り込むように払うと、相手は、

ばたり

とその場に倒れ込んだ。

一瞬の間に三人の男女が通一丁目の辻に重なるように倒れたのだ。

「よう、酔いどれ様、日本一！」

と声がかかった。

仕事帰りの職人か、小籐次を見知った顔が叫んで、

「お気の毒様、御鑓拝借の旦那が通りかかったのが運のつきだ」

という別の声がした。

駿太郎がまた竹笛を、
ぴゅうっ
と吹き鳴らし、そこへ番頭が追いついてきた。

「銭を返せ、うちの櫛笄を返せ」

と息も絶え絶えに言った。

地面に倒れた三人がきょろきょろと逃げ場所を探すように四方を見回した。

「逃げても無駄じゃぞ。見てみよ、そなたらが起こした騒ぎに足を止めた見物の数をな」

と小籐次が諭すように言った。

「おのれ、邪魔立てしおって！」

最初に転んだ武家が刀の柄に手を伸ばしながら立ち上がろうとした。

「やめなやめな、聞こえなかったのかえ。おまえ様方の前に子供をおぶって立っていなさるのは、小金井橋十三人斬りの猛者《もさ》、赤目小籐次様だぜ」

と人込みを割って姿を見せたのは、難波橋の秀次親分と手先たちだ。

「それも千代田の御城近く、わっしの縄張り内で大胆な真似をなさいましたな」

と老練な十手持ちが言った。

「助かった」

番頭がその場にへたり込んだ。

「松田屋の番頭さん、えらい目に遭いなさったな」

と秀次が話しかけて、小籐次は平松町の中ほどにある、

「鼈甲《べっこう》櫛笄細工所松田屋茂兵衛」

の番頭かと思い当たった。

松田屋は多くの職人を抱えて鼈甲の細工ものを専門にする細工所だが、表は店構えにして小売りもしていた。鼈甲細工は値が張るだけに註文誂《あつら》えの品は、

「松田屋の鼈甲細工は一生もの」

との評判が定着していた。

難波橋の親分は、相手が絹物を着た武家姿だけに、人前で縄を掛けるのを躊躇《ちゅうちょ》していた。現場を押さえられた三人組とはいえ、直参旗本や大名家の家臣ならばそれなりの手続きを踏まねばならなかった。

「親分、南茅場町《みなみかやば》の大番屋まで、それがしが同道致そうか」

という小籐次の申し出に秀次がほっとした顔をした。

「駿太郎様連れで恐れ入りますな」

と思案した体の秀次が、若い手先を呼ぶと、

「赤目様、駿太郎様を久慈屋にお届けしてようございますか」

と小籐次の顔を見た。

「久慈屋どのには迷惑をかけるが、そう致そうか。久慈屋の女衆に腹を空かせておると伝えてくれぬか」

と願い、背の駿太郎を手先に委ねた。

駿太郎が手先に負われて竹笛を吹きながら騒ぎの場から消えた。

小籐次は、ふてくされたように秀次の手先に囲まれた三人組に改めて視線を向けた。

注視したのは武家娘だ。

横座りした娘の目だけがらんらんと光って逃げ場を探していた。だが、天下の東海道の始まり、通一丁目の辻で何百人もの野次馬の群れが囲み、その輪の中に小籐次がいて、難波橋の親分と手先たちが控えているのだ。

どう足掻《あが》いても逃げ道はなかった。

「難波橋の親分、こやつは男女《おとこおんな》じゃな」

「なんですって！」

と頓狂な声を発した秀次が娘に近付いてしげしげと観察していたが、

「赤目様、たしかにこの女、男ですぜ」

と驚きの声を上げた。

「ひえっ！」

と秀次親分の驚きの声を何十倍にもしたような驚愕《きょうがく》を見せたのは松田屋の番頭だ。

「親分、その娘が男女ですって。私は半刻（一時間）以上も応対していながら気付きませんでしたよ」

と秀次に言った番頭が、

「こら、男女、うちの品を返せ」

と言うと、急に胡坐《あぐら》をかいた男女が、

「お里を知られちゃ仕方ねえ。ほうれよ」

と頭に差した櫛笄を抜くと投げた。

「職人が丹精込めた品を投げるなんて」

と、番頭は投げられた櫛笄を拾って回った。そして、

「懐にも入れたろう」

と言うと男女が、

「ちぇっ、見てたか」

と懐から手拭《てぬぐ》いを出すと、

「そうれ」

と今度は見物の群れに投げ込んだ。

野次馬たちが、わあっ、と投げられた鼈甲の細工物に群がった。

秀次親分と手先たちの注意がそちらにいった。

その瞬間、男女が低い姿勢から、辻を囲んだ野次馬の群れの外に突進しようとした。

小籐次の腰間から、濁った残照の光を映した次直が走り、男女の背に一閃した。

すると帯が見事に斬られて、友禅の裾《すそ》が、
ぱあっ
と広がり、
あっ
と悲鳴を上げた男女に小籐次が、

「次は首が飛ぶと思え」

と宣告した。

四

秀次親分らに同道して南茅場町の大番屋へと三人組を送り届け、小籐次が久慈屋に立ち寄ったとき、久慈屋ではちょうど店仕舞いの時刻だった。

店の前を箒《ほうき》で掃いていた小僧の国三が小籐次を見て、

「赤目様、駿太郎ちゃんは台所で上機嫌ですよ」

と教えてくれた。

「厄介をかけたな」

国三はこのところ急に背丈が伸びて、今や五尺そこそこの小籐次と変わりない。背丈が伸びただけではなく骨格がしっかりして、体付きが一段と大きくなったようだ。

先日の水戸行きに主の昌右衛門《まさえもん》一行に同道を許され、水戸の城下ばかりか久慈屋の出の久慈の里や本家を訪れた国三には、奉公人としての新しい自覚が生まれていた。

そのことが、箒の動かし方一つをとってもきびきびとしたものにしていた。

国三ばかりではなく大勢の奉公人が、店の内外で立ち働いていた。

船着場では荷運び用の大小の船が舫《もや》われ、整備やら清掃が行われていた。店の中では、店蔵に積まれた在庫の紙と帳簿の照合が行われていた。一口に紙といっても用途に従い、種類も豊富で大きさも様々あった。だが、老練な番頭たちは店蔵に在庫がいくら残っているか、一帖単位で把握していたから、実際の在庫と帳簿の数字はきっちりと合った。

忙しい動きの中心は、帳場格子にでんと座る大番頭の観右衛門《かんえもん》だ。

手代の浩介がおやえの婿になり、久慈屋の八代目になることが決まったと知った三番番頭の泉蔵が異を唱え、仲間の三人と騒ぎ立て久慈屋の奉公人の和を乱そうとしたばかりか、水戸に向う昌右衛門の一行に危害まで加えようとした。

だが、一行には小籐次が加わっていた。

泉蔵は、金で雇った三人の浪人剣客飯倉伝中らに笠間《かさま》領内で一行を襲わせたが、小籐次の怒りの次直が四人すべてを成敗した。

久慈屋の将来に禍根を残すと考えた小籐次は非情の剣を振るったのだ。

この騒ぎは江戸にも伝えられ、留守を預かる観右衛門が三番番頭の泉蔵の考え違いに加担した三人を呼んで、

「奉公とはどういうことか」

「主従の関わりはどうあるべきか」

と厳しく非を諭し、懇々と説諭した。

三人は昌右衛門一行が水戸への道中から戻ってくるまで謹慎を命じられ、仕事から離されて、店蔵の中で荷の整理と日記を記す日々を過ごしていた。

一行が久慈屋に戻った日、観右衛門と共に店蔵に入った昌右衛門に対し、三人は涙を流して軽率な行動を悔い、改めての奉公を願ったという。

三番番頭の泉蔵の謀反《むほん》ともいえる騒ぎは、久慈屋の大所帯の箍《たが》を締め直す切っ掛けになった。そして、浩介が久慈屋の八代目にいずれ就くための大きな地ならしになった。

昌右衛門は江戸に帰着した夜、奉公人を全員集め、浩介の番頭昇格とおやえと所帯を持つことを公にして、久慈屋の結束を願った。

「雨降って地固まる」

泉蔵の考え違いが久慈屋に危機感を募らせ、新たな仕事への意欲を生み出して、

だれもが必死に働いていた。

「おおっ、赤目様、ご苦労にございましたな」

と観右衛門が小籐次の姿を認めて言葉を掛けた。

「平松町の松田屋さんに夕暮れどきに押し込んだ三人組を取り押さえられたそうで、またまた江都に赤目様の名が広まりますな」

「お手先から聞かれたか。なんとも乱暴な話でな」

「櫛笄と金子《きんす》を強奪した連中は侍二人に女ですって」

「それが観右衛門どの」

と前置きした小籐次が、

「武家娘のなりをした女は男の扮装にござってな。呆れ返った連中じゃ」

「なんと男女でしたか」

「徳川様が江戸に都を定めて二百有余年も過ぎると、おかしな侍も出てくるな」

「直参旗本の次男、三男にはやけになって悪さに手を染める者も出ています。赤目様がうちで示されたような、緩んだ箍を締め直す人物が現れませぬと、大変なことになります」

観右衛門は三人組が旗本の子弟と早呑み込みしていた。

「観右衛門どの、まだあやつらが旗本の子弟と決まったわけではござらぬ」

「えっ、違いますので。ですが、お手先の目はあれでなかなか厳しいものですよ」

と観右衛門が応じたところに、店の裏手の台所から女衆の笑い声が起こった。

「駿太郎さん、伝い歩きが上手になったわねえ」

おやえの自信に満ちた声も聞こえてきた。願い叶《かな》って浩介との結納を控えるおやえは、娘から女としての自覚が生じたようだ。

(可愛い子には旅をさせろというが、どんな旅であれ、旅はするものだな)

と小籐次は思った。

「赤目様、水戸から戻られてしばらくは仕事ばかり。本日は旦那様方のお相手をして頂けませんか。奥では赤目様が来られぬかと何度も私にお尋ねがありましたよ」

「観右衛門どの、それがしからも報告がござる」

「店仕舞いを終えましたら、私も奥に参りますでな」

観右衛門の言葉に送られて三和土《たたき》廊下から台所へと小籐次は抜けた。すると、久慈屋の広い台所の板の間で駿太郎がゆらゆらと体を揺らしながらも一人立ちしていた。ためにまだ膳《ぜん》は並べられていなかった。

「おおっ、なかなかの辛抱ではないか。どうだ、駿太郎、右足を踏み出してみぬか。さすれば伝い歩きせずとも歩けるようになるぞ」

と小籐次が思わず鼓舞するように言うと、駿太郎がその言葉を理解したように片足を持ち上げた。だが、直《す》ぐに体の均衡を崩し、その場に倒れ込みそうになった。それをおやえが両腕で素早く抱き取り、

「赤目様、いくらなんでも急に歩けるようになるものですか」

と笑いながら応じた。

「おやえどの、駄目かのう」

「まず伝い歩きをしっかりと覚えて、手を離すこつを摑むのですよ。二つの足で立つって、そう簡単なことではございません。私など二つになっても満足に歩けなかったそうです。駿太郎さんの親父様は無理難題を申されますね」

と言った。

「おやえどのは乳母日傘《おんばひがさ》で育たれたゆえそれでもよかろうが、駿太郎は瘦《や》せても枯れても武士の子。一日も早く世間の役に立つ体に育たねばならぬのじゃ」

「そのようなことは駿太郎さんに関わりございませんよね。ささっ、赤目様、奥

へ通って下さいな。お父つぁんがお待ちかねですよ」

おやえが駿太郎を抱え上げた。

駿太郎が手先に連れて来られたときから、小籐次が奥に通ることは決められていたようだ。

「おやえどの、お邪魔致す」

小籐次は断りながら腰の次直を抜き、板の間に上がった。

四半刻（三十分）後、大番頭の観右衛門が帳簿を手に奥への廊下を行くと、座敷から駿太郎のご機嫌な笑い声が上がっていた。

「驚きました。この年で松葉屋の花魁衆に可愛がられましたか。先が思いやられますな、赤目様」

と昌右衛門の嬉しそうな声が応じていた。

「旦那様、駿太郎様が吉原に行かれたんですか」

観右衛門の登場に奥座敷が一段と賑やかになった。

「話を聞いて驚きました。昼見世の最中、赤目様は駿太郎様をおぶって、事もあろうに大籬の松葉屋に上がられたそうで」

「ほうほう、それはまた何用で吉原なんぞに参られましたな」

「それだ、その肝心のところをまだ聞いておりませんよ」

昌右衛門が身を乗り出した。

清琴への贈り物の一つ百両吉原明かりは、水戸家の作事場で材料の下拵えが行われた後、小籐次が額賀草伯の屋敷に材料を持参し、二人だけで極秘裡《り》に、三日を要して最後の仕上げをなしたものだ。

それは偏に金百両の吉原明かり十個は、定府の藩主斉脩《なりのぶ》に披露するまでだれの目にも触れさせないことになっていたからだ。

だが、吉原明かりの生みの親ともいえる清琴への贈り物は格別として許された。額賀邸での仕事を終えた小籐次の腕には、厳重に紙に包まれ、布でさらに覆われた吉原明かりがあって、昌右衛門らもその中身がなにか知らなかったのだ。

「昌右衛門どの、水戸から帰着したとき、それがしは腕に包みを一つ抱えておりました」

「はいはい。赤目様が片時も離さず大事に扱っておられたゆえ、額賀草伯絵師の贈り物かと推測しておりました。あの包みが吉原明かりにございましたか」

「いかにもさようにござる。水戸家にお断りして、一つ百両吉原明かりを一基だけ江戸へ持ち帰りました」

と前置きして、水戸行きの前に吉原を訪ねて清琴の知恵を借りたことから、お礼に新作の行灯を贈った経緯などを説明した。

「なんと、そのような準備までなされて水戸に行かれましたか」

と観右衛門が感心し、昌右衛門が、

「斉脩様が最初にあの明かりに接しられるものとばかり思っておりましたが、なんと松葉屋の太夫がすでにご覧なされましたか。それで清琴太夫はなんと申されましたな」

「言葉もないほど喜ばれた。じゃが、困ったことを言い出されてな」

「困ったこととはなんですな」

「昌右衛門どの、清琴太夫も妓楼の主どのも、それがしの名がない贈り物は受け取れぬと無理を申されたのだ」

「それも道理ですな」

小籐次は顔を横に振り、

「白檀の台座の裏に、下手なかなくぎ流を記す羽目になり申した」

と答えたものだ。それを聞いた昌右衛門がぴしゃりと膝《ひざ》を叩き、

「いやはや、大番頭さん、近々松葉屋さんにお邪魔して、赤目様別製の一つ百両吉原明かりを拝見したいものですな」

と言い出し、観右衛門も、

「旦那様、私もお伴致します。いえいえ、お内儀様、くれぐれも考え違いをなすってはなりません。これはあくまで商い上のことですからね」

と最後には内儀に言い訳までした。

「大番頭さん、そんなことだれも考えておりませんよ。それより、私もその行灯の灯りを見たいものです」

と一座が清琴に贈った吉原明かりで盛り上がった。

「昌右衛門どの、観右衛門どの、松葉屋の主が申されるには、流行りの化粧、召し物、飾り物はすべて吉原の花魁衆から里の外に流れ、それが江戸じゅうに広まって在方へ伝わっていく。となれば、この一つ百両吉原明かりは清琴太夫の客人の口を通して直ぐに江戸じゅうに広まり、あっという間に十基の行灯など売れますとのご託宣がござった」

「ほうほう、遊里の主は目から鼻に抜けるほどの商売人です。その旦那が申されることには一理ございますよ」

「旦那様、御三家水戸のお声がかりの行灯、葵《あおい》の御紋と御用絵師どのの真筆、酔いどれ小籐次様の細工、さらには松葉屋の清琴太夫と酔いどれ様の交情、話が諸々揃っておりますぞ。これは松葉屋の清琴太夫にとっても悪い話ではございますまい」

「妓楼の主の歌右衛門どのは、一つ千両と値が付いても買い求めるお大尽はおられますと言い切っておられた」

「大番頭さん、うちの紙を使った行灯一つが千両ですと。なんとも景気のよい話ではございませんか」

昌右衛門が機嫌よく言うところに膳と酒が運ばれてきた。

「ささっ、水戸家の商いがうまくいきますように前祝いを致しましょう」

と昌右衛門の音頭で、小籐次の前に朱塗りの大杯が置かれた。

大杯とはいえ、一升も二升も入る酒器ではない。なみなみと注いで五合、七分どおりで三合ほどの酒器だ。

「華の吉原に子連れで参られ、その帰途に一仕事なされた赤目様には喉が渇いたことでしょう。ささっ、まずは一献」

と観右衛門が勧め上手にも小籐次の大杯を満たそうとした。

「大番頭さん、なんですな、一仕事とは」

昌右衛門が訊いた。

「おや、まだお聞きではございませんか」

と観右衛門が言い、小籐次に代わって通一丁目の辻で起こった騒ぎを告げた。

「おやおや、赤目様の行く先々には騒ぎが絶えませせぬな。それにしても松田屋茂兵衛さんの鼈甲細工は、一つ何十両とするものもあると聞いております。赤目様が通りかからねば、えらい損害でしたよ」

「おまえ様、いえ、物によっては鼈甲の櫛笄が百両を超えるものもございますよ」

内儀のお楽が応じたところに足音がして、番頭に昇格したばかりの浩介が姿を見せた。

「旦那様、店に秀次親分と松田屋茂兵衛様が参られ、こちらに赤目小籐次様はおられましょうかとのお尋ねにございます」

「おや、噂《うわさ》をすればなんとやらでございますな。こちらにお通ししなされ」

上機嫌の昌右衛門が浩介に命じた。

角樽《つのだる》を提げた松田屋茂兵衛が秀次親分と座敷に入ってきて、座がさらに一段と賑やかになった。

茂兵衛は四十前後の働き盛りで、世評には、

「松田屋の旦那はただの商人ではない、職人気質《かたぎ》の商人です」

と言われ、客の相手は番頭らに任せて当人は作業場でこつこつと鼈甲を切ったり、削ったりする手作業に専念しているそうな。

その茂兵衛が空《から》の大杯を手にした小籐次を見て、

「赤目様、このたびは店の危難をお救い下さいまして真に有難うございました。いえ、うちの品や金子が盗まれたりするのは致し方ございません。また皆で働けばよいことです。ですが、うちに押し入った者たちに通りがかりの人が怪我を負わされては言い訳もできません。赤目様が通りかかられたのがうちの運、相手の不運にございました」

とはっきりと言い切り、

「まずはお礼にお長屋に伺いたいと難波橋の親分に相談致しますと、赤目様なら久慈屋様であろう。手土産なら酒がよかろうというご忠言で、まずは樽を提げて参りました。久慈屋様の酒も美味《おい》しゅうございましょうが、松田屋の酒もご賞味下さい」

と丁寧な挨拶だ。

「それがし、酒を頂戴するような働きをした覚えはないが、主どの直々《じきじき》に持参の酒、断れようか。昌右衛門どの、こちらの酒は二杯目でようござろうか」

「今宵《こよい》は松田屋さんの酒を存分に堪能なされませ」

昌右衛門の言葉に、手にしていた大杯を両手に持ち替え、茂兵衛の前に差し出した。

「酔いどれ小籐次様のお噂はかねがね伺っておりましたが、飲みっぷりを拝見するのは初めてです。武骨な酌で申し訳ございませんが」

茂兵衛が角樽からとくとくと琥珀《こはく》色の酒を大杯に注《つ》いだ。

「頂戴致す」

小籐次が両手で捧げた朱塗りの大杯に鼻を寄せ、香りを嗅《か》ぐと、

「これはたまらぬ」

と呟き、口を縁に付けた。

ぐっぐっぐ

と喉が鳴り、四合ほど注がれた酒が一気に小籐次の胃の腑《ふ》に収まった。

「これは驚いた」

と茂兵衛が目を丸くした。

「松田屋さん、この程度で驚いてはいけませんよ。赤目様は五升入りの大杯とて飲み干される酒豪にございますよ。しかし、赤目様のお年を考えると大酒ばかりでは身が保ちません。そこで、かような五合入りの小杯を誂えさせたのでございます」

と昌右衛門が説明した。

「五合入りが小杯とは途方もございませんな」

と茂兵衛が驚くより呆れ顔だ。

秀次が話題を変えて、

「赤目様、あの男女ですがね、驚いたことに正真正銘の直参旗本京極家二千七百三十石の若様の房之助らしゅうございます。赤目様が付き添っている間はえらく大人しゅうございましたが、大番屋から赤目様の姿が消えた途端、なんの罪があって大番屋などに引っ張ってきた、不浄役人の調べなど受けぬ、屋敷に使いを出して迎えを寄越せと大騒ぎにございましてな。まあ、調べが付くまでには町奉行所、御目付ともあれこれ大変でしょうな」

と、もはやわが手は離れたとばかりに報告した。

「その男女、口から出まかせに決まってますよ。二千七百余石の若様が日暮れどき、鼈甲の櫛笄を強奪するなど考えられませんよ」

と観右衛門が言い、

「ささっ、今度はうちの酒の番ですよ」

と空になった小籐次の大杯に新たな酒を満たした。小籐次は機嫌よく二杯目の酒を受け、

「それがしだけでは飲んだ気が致しませぬ。ささっ、どうか皆様も杯に酒を注いで下され」

と願った。

仲夏の宵、久慈屋の奥座敷で宴《うたげ》が始まりを告げた。

第二章　うづの難儀

一

海から日輪が昇った。

築地川の川幅の分だけ見える江戸内海のあちらこちらに帆を休め、碇《いかり》を下ろす千石船が一瞬真っ赤に燃え上がったようだ。

波も静かで朝風が心地よい。

小籐次は櫓《ろ》を漕《こ》ぐ手を休め、日輪に向って合掌した。

小籐次が櫓を止めた場所は築地川の河口付近で、右手に浜御殿の船番所が見え、左手には尾張中納言家蔵屋敷の石垣と白壁があった。

足元では駿太郎が藁籠の中ですやすやと眠りに就いていた。もはや楕円形の藁籠をいっぱいに使わねばならぬほどに大きくなっていた。

さてさて、昨晩は思いがけずに酒を馳走《ちそう》になった、今日からはまた精出して働かねばなるまいぞと小籐次は櫓を握り直した。

小籐次が櫓をゆったりと動かすと、小舟は江戸の内海に向ってすいっと進み、波がざぶんと舳先《へさき》を打った。そして、舟が止まっていた間、羽根を休めていた風車がくるくると回り始めた。風車は風向きを読むため、小舟の舳先に小籐次が立てたものだ。

小籐次は内海の口へと向ってしばらく漕ぎ進み、半町も海に出たところで佃島《つくだじま》へと方向を転じた。

(世は事もなしか)

四海波静かにして、小籐次の周りも平穏だった。

小籐次は通い慣れた海を、安芸《あき》広島藩の蔵屋敷を横目に佃島と鉄砲洲《てつぽうず》の間の水路に向けて悠然と櫓を操った。

小さな体をしならせ、櫓と一心同体になってゆったりと動かすと、小舟はすいすいっと進んだ。

小籐次の旧藩、豊後森藩はその昔、瀬戸内の海を縦横無尽に暴れ回った来島《くるしま》水軍の末裔《まつえい》であった。

江戸藩邸に育った小籐次も、亡き父から来島水軍の技を叩き込まれてきた。そのお陰で、江戸内海や大川を往来する櫓捌《さば》きや舟の扱いは難なく体が覚えていて、藩を離れた後にこうして役に立っていた。

昨夜、久慈屋に角樽を提げ、秀次親分に伴われて小籐次に会いに来た松田屋茂兵衛とはえらく気があった。

御城近くの平松町に百年以上も暖簾《のれん》を掲げる老舗《しにせ》の松田屋の当代は、商人然とした風貌《ふうぼう》はしていなかった。その代わり頑固一徹、仕事には妥協を許さない職人の面魂を持ち、寡黙な物言いも、道具を手に一日の大半を過ごす職人そのものだった。

久慈屋の大番頭の観右衛門が、

「茂兵衛さん。赤目様は不思議なお方でな、竹を扱わせたら見事な細工をなさいます。今日も今日とて、一つ百両吉原明かりと命名された枕行灯を吉原の松葉屋の太夫に届けられたそうな。その帰りに三人組に出くわしたのですよ」

と小籐次が吉原を訪ねた経緯を酒に酔った勢いで述べ立てた。

「なんと行灯が一つ、百両ですか」

秀次がそちらを気にした。だが、茂兵衛は小籐次の手をじいっと見て、

「たしかに赤目様の両手は職人の手でございますね」

と自らの両手を小籐次の方に差し出し、小籐次も思わず茂兵衛の手と並べて、

「われら二人の手は他の方々の手とは違っておりますな」

と改めて感慨深そうに見た。

「茂兵衛さんの手は鼈甲を削り続けてできあがった手だ。赤目様の手は刃物を研ぎ、竹を削って生じた手だ。指のあちらこちらにある胼胝《たこ》は職人の誉れと言いたいが、このお二人は別の顔をお持ちだ。茂兵衛さんは言わずと知れた江戸でも名《な》代《だい》の鼈甲細工屋の主どの、赤目様は……」

と言いかけた観右衛門が、

「おや、赤目様のご本職は一体全体なんでございましたかな」

と酔った顔を傾げてはたと困り、

「刃物研ぎ屋も本職ではなし、水戸家に出入りを許されて竹細工を指導なされる仕事も本業とは言いかねる。駿太郎様の養い親が本職というのもおかしゅうございましょ」

「大番頭さん、赤目様になんぞ肩書きをつけて説明するのは無理ですよ。私ども

は、赤目様がおられるだけでなんとのう安心して生きていける。並の人間の器で量れるものですか」

と昌右衛門が言い、

「いかにもさようでした」

と観右衛門が得心した。

茂兵衛は小籐次に、

「赤目様、久慈屋さんや水戸様にお出入りの赤目様に願うのは失礼かと存じますが、ぜひ一度うちでも研ぎの手並みを拝見させて下さいまし」

と言葉遣いだけは老舗の主のままに願ったものだ。

職人は職人を知る、茂兵衛の顔を見て直ぐに思った感想だ。

(よい方と知り合いになれた)

そんなことを思い起こしながら櫓を漕いでいると、いつしか佃島の水路を抜けて霊岸島沖に差し掛かっていた。

大川河口の川の流れと江戸の内海の奥に押し寄せる波がぶつかって複雑な流れを作り、さらに仕事始めの刻限、船の往来も激しかった。

小籐次は気を引き締めて行く手を見渡し、大川の右岸から左岸に斜めに突っ切る方向を定めた。

佃島沖から越中島沖に停泊する千石船ではすでに荷揚げが始まっていた。

そんな光景を目に留めながら、一気に越中島と深川相川町の間の水路に小舟を入れて、ほっと一つ息を吐いた。すると舳先に立てた風車が、
ぱたり
と止まった。

朝靄《あさもや》が流れる深川蛤町裏河岸の船着場には野菜売りのうづの姿はなかった。

「今朝は遅いのう。それともわれらが早いか」

小籐次は小舟を船着場の杭《くい》に舫うと、まず道具一式を入れた洗い桶を渡り板に上げた。そして、藁籠に眠っていた駿太郎を抱き上げると、おぶい紐で器用にも背中にくるりと回して負った。

「このようなことが上手くなっても一文の得にもならぬがのう、駿太郎」

と、欠伸をして目を覚ました駿太郎に言いかけると、

「じいじい」

と応じた。

「わしはそなたの爺ではないぞ」

とぼやきながら、両手に桶を抱え、船着場から蛤町の河岸道に上がった。

朝の光の中、肩に担いだ道具箱をかたかたさせながら職人が普請場《ふしんば》に急いでいた。

「われらも稼ぐぞ」

小籐次が先ず向《ま》ったのは、一色町海福寺裏の質商越後屋の家作の一つだ。木戸に、

「職人仕事なんでも承ります」

の木札がぶら下がっているくらい、この長屋には職人ばかりが住んでいた。

木戸口に立った小籐次の姿を真っ先に認めたのは長屋の姉さん株だ。

「おさとちゃん、駿ちゃんが来たよ」

長屋の奥に大声を張り上げると、姉様被りのおさとが、

「赤目様、駿太郎様、いらっしゃい」

と井戸端からどぶ板を踏んで駆けてきた。手が濡《ぬ》れているところを見ると洗濯でもしていたか。

「おさとさん、昨夜寝るのが遅かったで、朝はまだなにもやっておらぬ。腹を空かしておろう」

「あら、大変。赤目様、なぜ駿太郎様を遅くまで起こしていたんです」

「ちと仔細があってな」

と駿太郎の昨日の一日を小籐次はざっと告げた。

「呆れた。駿太郎様を吉原に連れていったんですか」

「花魁衆に取り巻かれてえらく上機嫌であったぞ」

「この年から吉原通いなんて聞いたこともないよ」

女衆が小籐次の話に食い付き、一頻《ひとしき》りその話題で沸いた。

「というわけで、昨日は親子ともども骨休めをいたした。今日から心を入れ替えて働くで、おさとさん、駿太郎を頼む」

小籐次はおさとに子守を頼むと、一色町から黒江町八幡橋際の、曲物《わげもの》師の万作の仕事場に顔を出した。すでに万作と太郎吉の親子は並んで檜《ひのき》の薄板と格闘していた。

「おっ、赤目様、ここんとこ三日にあげず顔出しして商売熱心だな」

太郎吉が手にしていた道具を置くと、手早く土間に研ぎ場を拵えてくれた。

「太郎吉、立ったついでだ。安兵衛親方んところにひとっ走りしてこい」

「あいよ」

と呑み込んだ倅《せがれ》が、近くの経師屋《きょうじ》に向って飛び出していった。安兵衛親方も小籐次に研ぎ仕事を出してくれる客の一人だ。

万作の家の裏庭の井戸から水を分けてもらった小籐次は洗い桶に移し、各種の砥石を並べて、よし、と呟いた。すると万作親方が、

「赤目様、こいつから先に願おうか」

と大小の鑿《のみ》を差し出した。

四つ（午前十時）前には万作と安兵衛親方が使う道具を研ぎ上げ、小昼を馳走になって暇を告げた。

次に向った先は蛤町裏河岸近くの竹藪蕎麦《たけやぶそば》だ。すると、小籐次の小舟の周りに顔馴染みの女衆が所在なげに立っていた。

うづの野菜舟はどこにもない。

「おかつさん、うづさんはまだか」

河岸道から小籐次が声を掛けると、振り向いたおかつが、

「酔いどれさん、うづちゃんが何も言わずに三日も姿を見せないなんておかしいよ。風邪でも引いたかねえ」

「風邪の時候は過ぎておろうに」

小籐次も心配になった。

「最後にうづさんが来たのはいつのことか」

「だから、四日前の昼過ぎに、また明日って別れたのが最後だよ」

「おかしいな」

と呟きながら、商いの仕度を始めたばかりの竹藪蕎麦の店内に入り、

「親方、手入れがいるお道具はござろうか」

と声を掛けた。すると、一心不乱に蕎麦粉を水で練っていた美造親方が、

「おっ、酔いどれ様か、三本ばかりあるぜ。縞太郎、赤目様のご入来だ」

と奥に声を張り上げた。すると倅の縞太郎が、

「こりゃ、赤目様」

と言いながら頭をぺこりと下げて、蕎麦切り包丁を差し出した。

「おきょうさんとはうまくいっておるか」

「なんとかやってますよ」

縞太郎は美造の実子ではない。女房おはるの連れ子だ。

以前、縞太郎はぐれて賭場《とば》に出入りするようになった。遊び人のふりをしていたのか、若い年頃にみられる親への抵抗であったのか、だれも真実は知らなかっ

た。ともかくぐれた末に、養父の美造に傷を付ける間違いを犯し、その騒ぎの解決に小籐次が一役買って出て、美造とおはるの許に戻ったのだ。

その折、小籐次は騒ぎの一因でもあった深川石場岡場所の若い女郎おきょうと縞太郎が所帯を持つお膳立てをしていた。

「あら、赤目様」

奥から姉様被りも初々《ういうい》しいおきょうが姿を見せた。

「おきょうさん、元気そうじゃな」

「お陰さまで幸せにやっております」

とおきょうが挨拶した。すでに竹藪蕎麦の若い女将の貫禄《かんろく》さえ漂わせていた。

(女という生き者、どのような境遇にも順応するとみえる)

小籐次は内心舌を巻きながら、

「預かって参る。昼前にはお届けに上がる」

と蕎麦を打つ美造に言うと、

「よし」

と大きな声を上げた親方が、

「赤目様、相談があるんだが」

と顔を向けた。

「厄介事か」

「いやさ、縞太郎とおきょうのことだ。おきょうを家に入れて若夫婦が一組でき上がったのは、偏に赤目様の尽力のお陰だ。だが、おきょうと縞太郎は祝言をしちゃいねえ。人並みとはいかねえが、この土地に住んでいく以上、内々だけでも祝言の真似事をやりてえと考えた」

「めでたい話ではないか」

「でさ、赤目様にも出てもらいてえんだ」

「嬉しいかぎりじゃのう」

小籐次は承知した。

「酒だけは、酔いどれ様が浴びるほど用意しておく」

「祝い酒で酔い潰れては野暮の骨頂。ほどほどでよいわ」

「でな、赤目様に頼みごとだ」

と言って美造が縞太郎とおきょうを呼び、

「おまえらから、命の恩人に直《じか》にお願いしろ」

と命じた。

「おれがか」

と縞太郎が尻ごみした。

「当たり前だ。だれのお陰でおめえら所帯を持てたと思うんだ」

「そりゃ、赤目様のお陰だ」

とぼそぼそ言う縞太郎に、

「縞太郎さん、しっかりして」

とおきょうも尻を叩くように言った。

「赤目の旦那」

「なんだな」

「だからよ、祝言の真似事たって犬猫のくっつき合いじゃねえや」

「いかにもさようだ」

「だからさ、仲人がいらあ」

「いたほうが座りはよいな」

「だから」

縞太郎は口ごもった。

「だからなんじゃ。じれったいのう」

「だからよ、赤目様が仲人になってくんな」

「なんだと。物事を知らぬにもほどがあるぞ」

思いもかけぬ言葉に小籐次が大声を上げた。

「物事を知らぬとはなんですかい」

と美造が横から口を挟んだ。

「親方も知ってのとおり、わしは独り者じゃぞ。仲人が独り者では座りが悪いどころか、話にもならぬ。そもそも仲人は〈なかびと〉と申し、男と女の間に立って取り持つ役目じゃそうな。ゆえに古来、おめでたいように長寿の翁媼《おきなおうな》が務める由。わしのような独り身に務まるものか」

「赤目様、そいつは上つ方の習わしだ。下々には通らない理屈だよ。考えてもみねえ。うちをおん出た縞太郎と苦界に身を沈めたおきょうの仲を取り持ったのは、ほかでもねえ、赤目様だ。違うかい」

「それはそうだ。じゃが、親方」

「じゃがも糸瓜《へちま》もねえ、頼まあ。この二人の仲人は、どう考えたって赤目小籐次様しかいないんだ。半端もんの二人がくっつき合う祝言が、赤目様には役不足と承知で頼んでるんだ」

小籐次は親方の熱弁に応ずる言葉を持たなかった。

「赤目様が独り者と承知のうえでのお頼みなんです。引き受けてもらえませんか」

とおはるまで言い出し、おきょうと縞太郎が頭を下げた。

「ふうっ」

と小籐次が大きな息を吐いた。

「致し方ないか」

小籐次が呟き、縞太郎とおきょうが抱き合って喜んだ。

「世に独り者の仲人があるかないか知らぬが、そなたらの偕老同穴《かいろうどうけつ》を願って相務めよう」

「赤目様、祝言は二十日後の大安吉日、うちの座敷に十数人を呼んでの披露だ」

と美造親方が喜びに声を大にして言うのへ、

「それはまた本式じゃな」

と小籐次が小さく嘆息した。

二

うづが平井村に住んでいることを小籐次は承知していたが、家がどこにあるか知らなかった。そのことを竹藪蕎麦の美造親方に尋ねると、

「中川の川向こうの下平井村だ。なんでも関東の三大聖天のひとつ、燈明寺《とうみょうじ》聖天堂の近くということだぜ」

と教えてくれた。

「女衆が、うづちゃんが黙って仕事を休んで三日、四日にもなると案じてるが、赤目様、様子でも見に行くつもりか」

「ちと心配でな。仕事を昼で切り上げて、うづさんの様子を見て参ろうかと思っておるところじゃ」

「赤目様、皆も心配してる。できることならそうしてくんな」

美造の言葉で小籐次の気持ちは固まった。竹藪蕎麦で早めの昼餉《ひるげ》の蕎麦を啜《すす》っていると、

「駿太郎様はどうするね。連れていきますかい」

とおさとの長屋に預けた駿太郎の身をおはるが気にした。

「初めての土地ゆえ身軽がよかろう。帰りに蛤町裏河岸に立ち寄り、おさとさんから駿太郎を受けとろう」

「なら、こうすればどうかね。頃合いを見ておさとさんの長屋におきょうをやり、駿太郎様をうちで預かっておきますよ。職人長屋よりできるだけ船着場に近いほうが、赤目様も楽でしょう。うちにはおきょうもいますし、事と次第によっちゃあ一晩くらいはちゃんとお世話しますからね」

というおはるの申し出を小籐次は有難く受けた。

深川から横川、竪川《たてかわ》と伝い、小籐次は中川に出た。

景色が一変して一段と長閑《のどか》になり、江戸外れの在所を楽しみながら、うづが意外にも遠くから毎日深川に商いに来ることに驚きを隠しきれなかった。

下平井村はその南を逆井村、北を中平井村、東は西小松川村に囲まれていた。

むろん西側は中川だ。

小籐次は浅草と行徳《ぎょうとく》を結ぶ行徳道でもある中川を越える渡し場を横目に、対岸へと漕ぎ出した。

昼下がりの刻限だ。

ゆったりと船が往来し、川面にも長閑な光景が展開していた。なにより緑が江戸市中や深川本所に比して濃く茂り、小籐次の目に染みた。

中川とは古利根川の下流域のことだ。

「古利根川の下流にて、猿ケ俣以下の唱なり。これ東西葛西《かさい》領の境を南流せるゆえ、中川と名付けしならん」

と化政期の『新編武蔵風土記稿』はその謂《いわ》れを記している。

小籐次が渡る逆井村付近の川幅は四十間余りで流れも穏やかだった。

小舟の上流を賑やかに行くのは成田詣《もう》での乗合船か。

小籐次は小舟を難なく対岸に漕ぎ寄せた。船着場には渡し船を待つ十数人がいて、陽射しを避けながら待っていた。

小籐次は褌《ふんどし》一丁の船頭に、

「ちと物を尋ねたい。下平井村から深川界隈に野菜を売りに行く、うづと申す娘の家を知らぬか」

と声を張り上げた。

「助左衛門さんの娘じゃな」

「父親の名は知らぬが、なんでも聖天堂の近くと聞いた」

「ならば、助左衛門さんのところの娘っ子だ」

と船頭が手で指してその場所を教えようとした。そのとき、ちょっと待ったの声がかかり、

「お侍、われを平井聖天まで乗せていかぬか。助左衛門さんの家の前まで連れていくでな」

と竹杖《たけづえ》を突いた老人が船着場によろよろと姿を見せた。

杖を持つとは別の手に煙管を握っていた。老人の継ぎの当たった縞《しま》の袷《あわせ》には煙草の臭《にお》いが染み付いていて、小籐次の鼻先に漂ってきた。よほどの煙草好きか。

「なに、ご老人、舟で行けるのか」

「小舟なら、うづ坊の家の前まで行ける」

とせっかちそうな老人はすでに乗り込む気だ。

小籐次は竿で小舟を船着場に固定した。すると、最初に声を掛けた船頭が、

「父つぁん、江戸から鴨が葱《ねぎ》を背負《しょ》ってきたってか」

と不思議なことを言いながらも手を取って乗せた。

「どちらに向ければよい」

「下へ舳先を向けるんだ。一町も下ったところに、幅一間半ほどの堀が口を開け

ているから、見逃すな」

小籐次は流れに戻すと竿を櫓に替えた。

「煙草盆はないか」

老人は煙草の火種を求めた。

「屋形船ではないぞ。そのようなものがあるものか」

「しけた舟に乗り込んだもんだ」

と呟く老人に、

「そなた、江戸の人間を相手に道案内で煙草銭を稼いでいるのか」

「まあそんなとこだ」

「名はなんと申す」

「おれか、新田の兵六だ」

「野菜売りの娘が商いを休んでおるでな、深川界隈の得意先が心配しておる。それで安否を尋ねに来たのだ」

「うづ坊な」

と兵六が意味ありげに言った。

「なにか承知ならば話してくれぬか」

「地獄の沙汰《さた》も金次第というじゃろう」

「煙草代の催促か。話を聞いて値を決めよう」

「ちぇっ」

兵六が舌打ちした。そして、黙って行く手を指した。小籐次もすでに中川へ合流する堀口を見ていた。

小籐次は櫓を巧みに回して流れに乗った舟の勢いのまま、一間半の幅の堀にするりと小舟を入れた。

「ほう、舟の扱いをよう知ってるな」

「褒めても煙草代の値は上がらぬ。まずは話してもらおうか」

「うづ坊に嫁入り話が持ち上がっておる」

「以前も聞いたような気が致す」

「器量良しのうえに働き者、ついでに気立てもよいと三拍子揃ってるからな。うづ坊にはいくらでも話が舞い込む。じゃが、本人にその気がないときた」

「いかにも、うづさんは非の打ちどころがない娘御じゃからな。嫁入り話など、いくらでも舞い込もう。結構なことではないか」

小籐次は寂しさを胸中に感じながら答えていた。

「こたびばかりは、父つぁんの助左衛門さんには寺島村に義理があるでな、断りきれまい」

と兵六の話は突然飛躍した。

「花婿は寺島村の人間か」

「寺島村の大百姓小左衛門様の総領息子だ。小作人が何十人もおるお花大尽だ」

「植木職も営んでいるのか」

頷《うなず》いた兵六が、

「植木職じゃねえぞ。小左衛門様のえれえところはな、米でも野菜でもねえ、花作り一筋でひと財産を作ったってことだ。大川を越えれば江戸の町が広がってる。彼岸の仏花から始まって、今じゃあ四季折々の花を広い敷地で栽培させてるというぞ」

「ますます悪い話ではないな」

小籐次は兵六の含みのある言い方を気にしていた。

「所帯に文句はなかろう。じゃが、総領息子はこれで三度めの祝言だそうな」

「先妻とは死に別れか」

「いや、一人目は子をなさぬからと離縁し、二人目はまんまを食い過ぎるというので実家に帰されたそうな」

「お花大尽がまんまくらいで離縁か」

「金持ちほど銭にしわいもんだ」

と兵六が言い切り、前方を指した。土手下に、見慣れたうづの舟が舫われていた。

「うづさんはこの結婚話をどう思っているのじゃ」

「嫁に飯もちゃんと食わせねえような家に、だれが嫁に行きたいもんか。あれこれあって、うづ坊は近頃、納屋ん中に閉じ込められてるというぞ」

うづは軟禁されたせいで商いに来られなかったかと得心しながら、小籐次は小舟をうづの舟の傍らに横付けした。

「うづの親父どのは、なぜ寺島村のお花大尽に義理があるな」

と問う小籐次の前に手を差し出した兵六が、

「先に煙草代をくんな」

と言った。

「致し方ない」

小籐次は巾着《きんちゃく》から一朱を出して渡した。にんまりと笑った兵六が、

「うづ坊の先祖は寺島村の小作人だったのさ。小左衛門様の先代の口利きで下平井村の土地をもらったか、買ったかしたんだ。以来、寺島村を本家のように崇《あが》めて節季節季の挨拶も欠かさないからな」

と事情を話すと、

「土手に上がれば鎮守様の森が見える。平井聖天は直ぐに見つかるぞ」

と、仕事は終わったとばかりに小舟を下りようとした。

「もう一朱稼ぐ気はないか、兵六爺様」

「おめえも爺様じゃねえか」

「まあ、そうだ」

あっさり小籐次が認めると、

「張り合いがねえな。なにをすればいい」

「うづさんを、家人に見つからぬようここに連れて来られぬか」

兵六は目やにがこびりついた両眼をしょぼしょぼさせて考え込んだ。

「あぶない話だぞ、二朱なら考えてもいい」

兵六が強欲な返事をした。

「二朱か、致し方あるまい」

うづの身を考えて二朱を渡した。

「うづ坊を呼び出すのはここではまずいぞ、人目に付き易《やす》い。平井聖天の境内《けいだい》じゃどうだ。堂の後ろなら、うづ坊の家の敷地に接してて、人目に付かかねえ」

「よかろう」

「時間がかかるかもしれねえぜ。気長に待ってな」

と言い残すや、兵六は杖も突かずにすたすたと土手を上がって姿を消した。

小籐次は小舟を中川へ戻すと、岸辺に生えた葦原《よしはら》に突っ込んで隠し、舫い綱を葦に結んだ。そうしておいて中川の岸辺に飛び移った。

土手に上がると、畑作地に囲まれた鎮守の森が見え、寺の本堂らしい屋根が光っていた。

明雅山明王院燈明寺だろう。平井聖天はその境内の一角にあるのだ。

破れ笠で陽射しを避けた小籐次は次直を腰に差し落として、新義真言宗の寺を目指して野良道を歩き出した。

果たして寺の山門前に来ると燈明寺だと分かった。

小籐次は山門を潜り、本堂の前で頭を下げてなにがしかの銭を賽銭《さいせん》箱に投げ込んだ。

小籐次は寺参りに来た風情で境内をぶらぶらと歩き、聖天堂を本堂の東に見付けた。こちらにも手を合わせると、うづとの再会を願い、賽銭を入れた。

聖天堂の裏に回ると、茂るに任せた木々の幹や枝で気の早い蟬《せみ》が鳴いており、地面に木漏れ日が落ちていた。

小籐次は次直を鞘ごと抜き、破れ笠をはずすと、堂宇の裏階段に腰を下ろして待つことにした。

木漏れ日が描き出す濃淡が少しずつ場所を変え、ゆるゆると時だけが流れていく。

小籐次はついうとうと眠りに落ちた。

(赤目様、お助け下さい)

夢の中にうづが現れ、両手を合わせて小籐次に願った。

(心配無用じゃぞ。うづさんのことはこの赤目小籐次が守りきる)

と答えた小籐次だが、立ち上がろうとしても腰が抜けて、手足に力が入らず萎《な》えていた。

(なんだ、これは)

(赤目様!)

うづの悲鳴に小籐次は目を覚ました。すると、首筋から背にぐっしょりと汗をかいていた。

木漏れ日が消え、西日が聖天堂の傍らから差し込んでいた。

小籐次は暮れ六つ（午後六時）に近い刻限と見当をつけた。

どうやら兵六にうまく二朱を騙《だま》し取られたようだ、と小籐次は兵六を信じたことを悔いた。

何事にも自ら動く。これが赤目小籐次流だということを失念していた。

「さて」

小籐次が股《また》の間に立てて保持していた次直を手に立ち上がり、破れ笠を被ろうと手にしたとき、鬱蒼《うっそう》とした雑木林の中からきょろきょろと兵六の顔が覗き、小籐次の姿を認めると無言で手を振った。そして、振り向くと手招きした。

兵六の後ろからうづが姿を見せて、

「赤目様」

と小さな声で名を呼び、駆けてきた。

「私のことを案じて見えられたのですか」

「蛤町裏河岸の女衆も竹藪蕎麦の一家も、うづさんが突然、姿を見せなくなったのを心配しておる。そこで、わしが様子を見に参った」

「出るにも出られなかったのです」

「兵六爺からおよその話は聞いた。そなた、この縁談を望んでおらぬのか」

「由太郎さんはほんとうに私を嫁にする気があるのかないのか、疑っております。だって、別れたおさよさんとお玉さんとは、親父様に隠れて会っているのは有名な話です」

寺島村のお花大尽の倅は由太郎というのか。

「なにっ、離縁した女房二人と逢瀬《おうせ》を重ねているのか」

「私、知ってます。亀戸天神の水茶屋でしばしば会っているんです」

「一人は子をなさぬゆえ、一人はまんまを食い過ぎてお花大尽の家から離縁されたというのは真実《まこと》か」

うづが悲しげな顔で愛らしい顎《あご》を縦に振り、

「赤目様、私はどんな貧乏してもいい。夫婦で一つのものを分け合って食べる所帯が持ちたいのです」

「いかにも当然の話かな」

「由太郎さんも由太郎さんです。おっ母様の前ではなにも言えず、二人まで離縁しておきながら、その二人と密《ひそ》かに会ってるなんて許せません」

「うづさん、由太郎はそなたを嫁にする気はないのか」

「ただ三番目の女にしたいだけかも知れません」

「親子ともども許せぬな」

と応じた小籐次は、

「そなたの親御はこたびの話、どう思うておられるのだ」

とうづに訊いた。

「うちのお父つぁんは寺島村には頭が上がりません。由太郎さんとの話など嫌に決まってます。だけど、昔、恩になった手前、断れないのです」

「話は親父の小左衛門を通してきたのだな」

はい、と頷いたうづが、

「私、大旦那様と由太郎さんの前で、はっきりとお断り致しました。そしたら大旦那様が、この恩知らずが、と激しい勢いで詰《なじ》り、体面を潰されて引き下がれるか、絶対にうちの嫁に差し出せと、うちのお父つぁんに強い口調で言われました」

「親子して人非人じゃな」

「その夜、お父つぁんは私に、このままでは嫁に出さざるを得まい。うづ、江戸に逃げよと、金子を持たせてうちの船着場まで見送ってくれました。そこに由太郎さんが賭場仲間を連れて見張っていたんです」

「それで捕まり、納屋に押し込められたのか」

うづが頷いた。

「お侍、見張ってる連中の油断を見透かして、うづ坊を連れ出したぞ。二朱分の働きは十分にしたろうが」

と兵六が胸を張ったとき、藪が揺れて、

「もうろく爺の手になど引っ掛かるものか」

と伸び切った総髪に殺《そ》げた頬《ほお》、単衣を着流しにして懐に片手を突っ込んだ男が姿を見せた。

「ひえっ」

と兵六が悲鳴を上げた。さらに男の後ろから四人がずらずらと飛び出してきて、

「てめえらが考えていることなんぞお見通しなんだよ。けちなお花大尽から銭をふんだくろうという儲け話、簡単にちゃらにされてたまるか」

と吐き捨てた。

三

「うづさん、兵六爺、こちらに参れ」

小籐次は二人を背後に回し、手にしていた破れ笠の縁に差し込んだ竹とんぼを抜き取った。

「そなた、名前はなんと申す」

頬の殺げた男が、百鬼の吉蔵と名乗った。

「恐ろしげな名じゃな」

「てめえはうづのなんなんだ」

「仕事仲間かのう。いや、血はつながってはおらぬが、親子のような関係でもある」

「ふざけたことを」

と嘯《うそぶ》いた吉蔵が血走った眼で、手下《てか》か弟分か、四人に顎をしゃくって合図した。

「なにをする気じゃ」

「知れたことだ。てめえみてえな爺がうづの周りをうろうろするようになったたん

「じゃあ、平井村に置いておくのも剣呑《けんのん》だ。寺島村に連れていくのさ」

「うづさんは嫌だと申しておる」

「双方の親同士が決めたことだ。他人がぐずぐずぬかすねえ」

「他人とな。そなたも赤の他人じゃな」

吉蔵が再び顎をしゃくった。

四人はばらばらとうづに駆け寄ろうとした。

その瞬間、小籐次の親指と中指に挟まれた竹とんぼの柄に捻りが加えられ、虚空に、
ぶうっ
という音を立てて飛翔したかと思うと、いきなり先頭の男の頬を、
ばさっ
と切り裂いた。

「げえええっ」

と叫んだ男が立ち竦《すく》み、手で頬を押さえて噴き出す血に驚いて、

「兄い、やられた。ひでえ血だ」

と慌てふためいた。

竹とんぼはさらにもう一人の弟分の首筋を撫で切ると回転力を失い、地面に転がった。

機先を制せられた弟分らが動揺する中、
ちぇっ
と吐き捨てた吉蔵が、

「妙な手妻を使いやがるぜ」

と言いながら懐から手を出した。

その手に奇妙な武器があった。

吉蔵は小籐次を見ながら平然と、折り畳まれた鉄棒の柄を伸ばした。

「ほう、小鎌《こがま》か」

一尺ほどの鉄棒の上部に四寸余りの鎌の刃があって、鉄棒の先端には二寸ほどの槍《やり》の穂先のようなものが突き出ていた。鎌の刃が嵌《は》め込まれた反対側には三尺余の鎖が伸びて、その先には丸い鉄玉があった。

鎖鎌の鎖は長いもので一丈八尺、短いものでも三尺六寸はあった。鎌本体も長く、隠し武器にはならない。だが、小鎌は背の帯に差し込んでもいいし、折り畳めば吉蔵のように懐にも隠すことができた。

小鎌を扱うには永年の修行が要る。

短い鎖を振った場合、その動きは迅速で、対戦する相手の目に留まり難く、鎖をのばして使えば間合いのある敵を攻撃できるし、短く使えば、接近戦で打ち据え、搦《から》めて動きを封じることもできた。また小鎌自体を飛び道具としても使用できた。さらには相手の武器をはたき落としたり、搦めて巻き落とすことも可能だ。高い所にのぼるとき、反対に低い所に下りるとき、鎖を利用して上下ができた。制圧した敵を縛ったり、船をつなぎ留めたり、あるいは鉢巻や帯の間に入れて防御用具として使うことも細い鉄鎖ゆえできた。固定された鉄鎖は刀で斬ることができたが、飛翔する鎖は刀では切断できなかった。

小鎌にはいろいろな使い方と特性があり、これら各種の技を伝える諸派があった。

吉蔵は鎌の柄元を右手に構え、鉄玉を左手の掌《てのひら》に包み込んで構えた。そして両手を広げると、鎖が吉蔵の顔の前に水平に伸びた。

小籐次は吉蔵の利き手が右か左か迷っていた。

鎌を右手に握っている以上、右利きと推測は付いた。だが、血走った眼の中に冷酷な光を見た小籐次は、右か左か迷ったのだ。

間合いは二間あった。

まだ小鎌の間合いではない。

小籐次は次直をゆっくりと抜いて顔の前に立てた。その動きの間に、吉蔵がするすると間合いを詰めてきた。

一気に半間、小鎌に有利な間合いを吉蔵が得た。

にたり
と笑った吉蔵が、

「爺、名を聞いておこうか」

と勝ち誇ったように言った。

「赤目小籐次」

吉蔵の顔に驚きが走った。

「あの、酔いどれ小籐次か」

「いかにもさようだ」

「ふうっ」

と息を吐いた百鬼の吉蔵が、

「嫌な野郎が出てきやがったぜ」

と呟くと、すいっと潔く後退《あとずさ》りした。

小籐次は吉蔵の引き際のよさに並々ならぬ相手と感じとった。

「兄い、どうした」

呆然と突っ立って対決を見ていた弟分の一人が訊いた。

「出直しだ」

「爺一人だぜ」

「おれっちが何人かかっても勝てる相手じゃねえ。肥前小城藩など四家の大名行列に独りで突っ込んで御鑓を切り落とし、小金井橋では小城藩の武芸者十三人を相手に戦い抜いた爺様だ」

と、もはや平静に戻った顔で言うと、雑木林の中にするりと姿を消し、弟分らが慌てて後を追った。

聖天堂の後ろにいつの間にか濁った残照が差し込み、皺《しわ》だらけの小籐次の顔を浮かび上がらせていた。

小籐次は溜めていた息を静かに吐き出すと、次直を鞘に納めた。

「赤目様」

うづの声に小籐次が振り返った。

「うづさん、お花大尽には厭《いや》な連中が付いておるな」

うづががくがくと頷いた。

「もはや下平井村にはおられぬぞ」

「行くあてがありません」

「先のことは後で考えるとして、うづさん、そなたがこのまま下平井村から姿を消せば親御様は案じられような」

うづはしばし考え込んだ。

「一旦は私を村の外に逃がそうとしたお父つぁんです。このまま私がどこかに姿を消したとしても、先々ではそのことをきっと喜んでくれましょう」

よし、と小籐次が呟いた。

「兵六爺様、頼みがある」

「知らなかったぞ」

と兵六が呆然と言葉を洩らした。

「おまえ様が御鑓拝借の赤目様とは、わしは知らなかったぞ」

「知っていたからとて、なにか変わったか」

はて、と兵六が首を捻った。

「爺様、よう聞け。まだうづさんの家にはあやつらがいるやもしれぬ。何日か機会を窺《うかご》うて、うづさんの身柄、赤目小籐次がしばらく預かった、安心なされよと、うづさんの親御様にそっと伝えてくれぬか」

兵六が顎をがくがくさせて頷いた。

「よし、参ろう」

とうづに小籐次が言いかけると、

「身ひとつです」

とうづがそのことを案じた。

「人間、その身に代わるものはないわ。持ち物や金に拘《こだわ》ると後悔することになる」

「はい」

と今度はうづが潔く頷いた。

四半刻後、月明かりが流れを照らす中川に、小籐次とうづを乗せた舟が竪川の合流部へと進んでいた。

最前から黙り込んでいたうづが、

「赤目様、ご迷惑ではございませんか」

と訊いた。

うづの預け場所を考えて沈思する小籐次を気にかけてのことだ。

「なんの迷惑があろう。われら、これまでも助けたり助けられたりした仲ではないか」

と応じた小籐次は、

（やはり久慈屋に願うのがよいかのう）

と考えた。そのことをうづに告げると、

「久慈屋様は江戸の大店《おおだな》でございますね」

「それがしが世話になる紙問屋でな、家も大きいし女衆も大勢住み込んでおられる。そなた一人が世話になったからとてびくともなされぬぞ。それに主一家とは昵懇《じっこん》にしておる。快く引き受けて下されよう」

「赤目様、私は川向こうには馴染みがございません」

とうづが不安げな声を洩らした。

小籐次はその言葉に思い当たることがあった。

うづの生まれ在所は中川の畔《ほとり》の下平井村で、毎日野菜を小舟に積んで商いに出るのは深川界隈だった。うづにとって隅田川の向こうは、

「江戸」

見知らぬ土地であったのだ。

「そうか、慣れた土地がよいか」

「我がままを言える立場にないことは承知です」

小籐次の小舟はいつしか竪川に入っていた。

「そなたの気持ちも分らぬではない」

小籐次は寺島村のお花大尽一家がうづの暮らしをどの程度承知か、考えていた。そのことをうづに質《ただ》すと、

「由太郎さんは私が毎日、深川界隈に商いに出ていることを承知です」

と不安げな答えを返してきた。

「となるとやはり、それがしと駿太郎が住む川向こうにしばらく身を潜めたほうが安全と思わぬか。うづさんの深川界隈の知り合いは、最前の百鬼の吉蔵らが探りだすやもしれぬぞ」

うづが、再び沈思し、自らを納得させるように頷き、

「赤目様にお任せ申します」

と言った。

二人にとって馴染みの蛤町裏河岸の船着場に小舟を舫ったとき、五つ（午後八時）の時鐘が長く尾を引いて深川の夜空に消えた。

「駿太郎を竹藪蕎麦に預けてあるのだ。うづさん、一緒に行ってくれぬか」

小籐次は、うづを独り小舟に残す危険を避けようと誘った。頷いたうづが慣れた手付きで舫い綱を結んだ。

二人が竹藪蕎麦のある路地に入ると、灯りが外に洩れて、駿太郎の笑い声が響いてきた。そして、店の中から大勢の人がいる気配が漂ってきた。普段ならとっくに店仕舞いする刻限だが、あちらこちらから蚊遣《かや》りの匂いがする夏の宵でもあった。

「親方、遅うなった」

と閉じられた戸口に立つと、

「あっ、駿ちゃんのお父つぁんが戻ってきたぞ」

と捨吉の声がして、中から戸が開かれた。

竹藪蕎麦には壁際に狭い小上がりがあったが、そこに美造親方一家四人におさと捨吉の姉弟、それになぜか、曲物の名人万作の倅の太郎吉までいて駿太郎を囲み、談笑していた様子だった。

「おお、野菜売りの姉ちゃんまでいらあ」

捨吉が叫び、入っていった二人を一同が見た。

「ご一統、お揃いで賑やかじゃな」

「お揃いもなにも、赤目様の帰りを待ってたんだよ」

「相すまぬ。いろいろとござってな」

と言うと、傍らからうづが、

「皆様にまでご心配をかけて申し訳ございません」

と泣きそうな顔をした。

「おっ母あ、まず赤目様に酒だ。縞太郎、あったけえ蕎麦をうづさんに拵えてやんな」

と呑み込んだ親方がおはるに命じて座が急に動いた。

直ぐになみなみと酒が注がれた丼《どんぶり》が運ばれてきて、小籐次の胃の腑が思わず鳴った。

「親方、考えたら昼以来、一滴の水も口にしておらぬ。鼻先に酒の香りを嗅いだら我慢ができぬ。行儀が悪いが、立ち飲みで頂戴してよいか」

「そのための酒だよ。遠慮のう飲みなせえ」

「頂戴致す」

小籐次は丼を両手で受け取ると縁に口を付けた。すると、手が勝手に動いて丼が傾き、
きゅっきゅっ
と喉が鳴って、一気に酒が喉から五臓六腑に染みわたっていった。

「ふうっ、甘露でござった」

「もう一杯だ、おっ母あ」

と美造が大声を張り上げ、あいよ、とおはるが合の手を入れるように応じた。

「おかみさん、しばし待ってくれ」

と止めた小籐次が、

「ここにおられるのは皆、うづさんと馴染みの方々ばかりじゃ。事情を知っておいてもろうたほうがよいと思わぬか。どうじゃ、うづさん」

と了解を取ると、うづが頷き返した。

小籐次は、うづが商いに出て来られなかった理由と下平井村での騒ぎの一部始

終を語った。

「寺島村のお花大尽の悪い噂はあれこれと聞いちゃいるが、うづさんの一家とそんな縁があったか」

と美造が言うと、

「許せねえ」

と珍しくも太郎吉が憤激の表情で吐き捨てた。

縞太郎とおきょうが座に着いたうづにしっぽく蕎麦を、小籐次にはもりを運んできた。そして、おはるが小籐次の丼に二杯目の酒を注いだ。

「赤目様、事情は分った。当分、うづさんの隠れ家がいるってわけだな」

美造親方がそのことを気にした。

「舟中でうづさんと話してきた。寺島村に近いこの界隈より川向こうのほうが、うづさんの身が安心かと思うてな。わしが世話になっておる久慈屋に頼んでみようと思うておるところじゃ」

「大店の久慈屋ならいくらも部屋があろうが、うづさんがこの界隈にいないと思うと寂しいな」

しみじみと美造が言い、

「狭いけどうちだって、うづさんの一人くらい住まわせられるぜ」

と太郎吉がぼそりと言い出した。

うづが太郎吉をちらりと見た。

「久慈屋に比べたら、うちはちっぽけだけどよ」

「有難う。太郎吉さん、皆さん」

感極まったうづの瞼《まぶた》が潤んだ。

「ささっ、お食べよ、うづちゃん。今、まんまも用意するからさ」

おはるがしっぽく蕎麦を食べるように勧めた。

「うづさん、頂戴しようか」

小籐次の言葉にうづが丼を両手で抱えると、太郎吉が黙って箸を差し出した。

「有難う」

小籐次は若い二人の様子を見ながら、二杯目の丼を口に運んだ。

「赤目様、お花大尽の馬鹿息子とやくざ者が組んでるとなると、やはりこの界隈にうづさんがいるのはよくないぜ。だが、今晩これから大川を渡って久慈屋に駆け込むのも、ちょいとばかり迷惑な話と思わねえか。どうだい、駿太郎様もおさとちゃんにおっぱいをもらい、湯浴みも終わってるこった。今晩はこの小上がりでさ、三人で雑魚寝《ざこね》しねえか」

美造の言葉に、小籐次は飲みかけた二杯目の丼を口から下ろし、

「親方、そのようなことができようか」

「夏のことだ。夜具なんぞまともにねえが、おっ母あ、どうだえ」

「それがいいよ。これから大川を小舟で渡るのはたいへんだよ」

とおはるも応じると、

「それがいいや」

と太郎吉がなぜかにんまりと微笑《ほほえ》んだ。

四

芝口橋際の久慈屋の船着場に朝靄が薄く流れていた。久慈屋の荷船を束ねる喜多造は、河岸道に立って大きな欠伸を一つした。

久慈屋の奉公人は当然のことながら、大番頭の観右衛門以下大半が商人修業の身だ。だが、江戸まで運ばれた紙を陸揚げしたり、注文の品を得意先に配達したりする荷船の船頭は、商人とはまるで気質が違った。気性がさっぱりして職人の

ようなのだ。

喜多造は朝靄を突いて漕ぎくる小舟に目をやった。

小籐次が櫓を持ち、胴の間に見知らぬ顔の娘が駿太郎を抱いて座していた。

「赤目様、お早うございますね」

「喜多造さん、お早うござる」

喜多造は石段を駆け下り、船着場で小舟が寄せられるのを待ち受けた。元々この小舟は久慈屋の荷船の一艘《そう》で、小籐次に貸し与えられたものだ。喜多造にとって馴染みの小舟だ。

「こやつ、お店にいるときより働かされているようだ」

と舫い綱を摑んだ喜多造が笑った。

「いかにもさよう。今朝も今朝とて深川蛤町から大川渡りをして参った」

「なんですって。夜明け前に駿太郎様を連れて大川を往来ですかい」

「いや、得意先の蕎麦屋で一晩厄介になったのだ」

と答えた小籐次が、

「観右衛門どのは起きておられようか」

「店で一番早いのが観右衛門さんだ。今頃、店の神棚の水をとっ替えておられますぜ」

　と喜多造が応じた。

「ちと相談があってな」

　小籐次が呟くと、櫓を舟中に上げた。

「娘さん、駿太郎様をまず預かろう」

　喜多造が両手を差し出し、うづがお世話になりますと駿太郎を渡した。

　喜多造は、一見野暮ったい絣木綿《かすりもめん》の娘が鄙《ひな》には稀《まれ》な愛らしい顔立ちをしていることに驚いた。

「喜多造さん、深川で世話になっておるうづさんじゃ」

　小籐次がうづを引き合わせ、うづが会釈をすると白い歯が見えた。喜多造はこの娘に不安とも心配ともつかぬ表情があるのを見逃さなかった。

「うづさんは、しばらくこちらに世話になるやもしれぬ」

「曰くがありそうだな。娘さんによからぬことを考える者が、この界隈に現れそうですかい、赤目様」

　喜多造が勘よく小籐次に応じた。

　そうだな、と答えた小籐次がしばし考え、

「やくざ者が姿を見せるようならば、直ぐにわしに知らせてくれぬか」

「承知しました」

小籐次は駿太郎を抱いたうづを連れて、久慈屋の広々とした店土間に入った。

日中、菰《こも》包みの紙が山積みになる土間はがらんとしていた。そして、喜多造のご宣託どおり、土間に続く大板間の一角では踏み台に乗った観右衛門が榊《さかき》を供え、その姿勢のまま、黒光りした大柱の上に設《しつら》えられた神棚に柏手《かしわで》を打っていた。

その音が店じゅうに響き渡った。

他の奉公人たちもそれぞれ掃除をしたり、内蔵の戸を開いたりと、朝餉前の作業に勤《いそ》しんでいた。

「よっこらしょ」

と踏み台から下りた観右衛門が振り向いて小籐次一行に気付き、おや、と言った。

「ちと願いの筋があって参った」

観右衛門がうづを見て、

「店座敷に参りましょうか」

と即座に応じていた。

久慈屋には店裏に座敷がいくつかあった。大名家など武家屋敷に紙を納入する手前、納戸方が久慈屋を訪れることがあった。その場合、武士と店頭で応対するわけにもいかず、中庭に面した店座敷を利用した。

小籐次は観右衛門に昨日からのことを手短に告げた。すると、万事呑み込んだ観右衛門がうづを見て、

「大変な目にお遭いになりましたな。もう安心ですぞ」

と請け合った。

うづは緊張の様子を無言の顔に漂わせて観右衛門に頭を下げた。

「赤目様はうちとは親戚同様の付き合いです。なんの遠慮もいりません。奥の旦那様方には後でお話ししますし、この観右衛門にも思案がございます。まずは赤目様、朝餉をご一緒にいかがですか」

と言った観右衛門が、

「この話、難波橋の親分にも通しておいたほうがようございましょうな」

と小籐次に忠言した。

「それがしもそのことを考えておった。朝餉を馳走になったら、早速顔を出して事情を説明して参ろう」

「お隣の京屋喜平さんも、赤目様を手薬煉《てぐすね》引いて待っておられますよ」

「ならば、本日はこちらで仕事をさせてもろうてようござるか」

頷いた観右衛門が、

「秀次親分で思い出しましたよ。松田屋さんの一件ですが、赤目様が手捕りになされた三人組の若侍、ほんとうに直参旗本の子弟だったそうで、三人組は目付に渡されたそうです」

「親御様は大変じゃな」

「お一人は小普請《こぶしん》京極家二千七百三十石とか。御家改易もありましょうな。それにしても手本を示されるべきお武家の子弟がこれでは、先が思いやられる。大変なご時世です」

と苦々しい顔で吐き捨てた観右衛門が、

「台所に参りましょうか。そのほうが、うづさんをうちの人間に紹介するにも都合がよろしい」

と小籐次ら三人を、奉公人らが食事をとる台所の大板間に連れていった。すでに大板間では住み込みの奉公人の膳が壮観にも並んでいた。

「おや、赤目の旦那、お早うございます」

と台所を仕切るおまつが小籐次に声をかけ、うづを見た。

「おまつさん、この娘さんをしばらくうちでお預かりすることになった。宜《よろ》しくな」

「大番頭さん、膳はこちらでいいかえ」

おまつは何十人もの食事の仕度をする女衆の頭分《かしら》だ。直ぐに呑み込んで言った。

「頼みますよ」

観右衛門はいつも小籐次と話し合う火鉢の前に三人を案内し、私は奥にお断りしてきますと言い残して姿を消した。

店開け前の朝の一刻だ。店じゅうが動いていた。そんな戦場のような店の勢いに気圧《けお》されたように、うづは黙り込んで竦んでいた。

「うづさん、観右衛門どのも申されたように、こちらとは親戚同然の付き合いじゃ。遠慮は要らぬし、わしも近くに住んでおるでな」

駿太郎を膝に抱いたうづが硬い顔で頷いた。

「赤目様、駿太郎様は朝餉を食べたかねえ」

「起き抜けに重湯《おもゆ》をやったが、あれから半刻（一時間）以上は経《た》っておるな」

「育ち盛りが重湯だけで保つものかね。どうれ」

おまつが炊き立てのご飯に卵の黄身を落とし、醬油《しょうゆ》を垂らして手際よく搔き混ぜた。

「娘さん、名はなんだい」

「うづです」

「うづさんか。駿太郎様に卵かけまんまを食べさせておくれ」

仕事を与えられたうづがほっと安堵の表情を見せた。

「ほれ、おまつさんは朝餉の仕度で忙しいでな。うづさんに食べさせてもらうのじゃ」

うづはおまつから茶碗と木さじを受け取ると、駿太郎をあやしながら黄身ご飯を食べさせ始めた。

「駿太郎はどうもあちらこちらでちやほやされるようじゃ。先々案じられる」

と親の顔で心配する小籐次に、

「赤目様、駿太郎様を連れて吉原の大門を潜りなすったって、大番頭さんに聞いたよ」

とおまつが言った。

「あら、赤目様は吉原にも得意先があるのですか」

「うづさん、大門を潜ったのは商いではない。いや、商いかのう」

と首を傾げた小籐次は、吉原の大見世を訪ね、清琴太夫の知恵を借りたお礼に、新作の吉原明かりを届けた話を告げた。

「それで駿太郎さんを連れて吉原へ参られたのですか」

「そうなんだよ、うづさん。並の男衆の考えるこっちゃあないね。赤ん坊をおぶって華の吉原に行くなんてさ。それがどうやら意外にもてたらしいんだよ」

「驚いた」

とうづが小籐次をまじまじと見た。

「勘違いするでないぞ。ちやほやされたのは駿太郎のほうじゃ」

「この年から吉原に馴染んじゃあ、先が思いやられるよ」

とおまつが言ったとき、おやえが台所に顔を見せた。

「おや、お嬢様、膳の催促に見えられましたか」

とおまつが奥の朝餉を気にした。

「そうではないの、おまつ」

と答えたおやえが、

「赤目様とうづさんを呼びに来たの。お父つぁんが会いたいそうなの」

と言った。

うづの顔が再び緊張した。

「うづさん、こっちに駿太郎様を貸しなせえ。残りは私が食べさせるよ」

おまつがうづから駿太郎と卵かけご飯が入った茶碗を受け取った。

「参ろうか、うづさん」

小籐次はこちこちに体を強張《こわば》らせたうづに声をかけ、おやえの案内で奥座敷に通った。すると、朝の光が差し込む居間で昌右衛門と観右衛門が茶を喫していた。

「赤目様の身辺、あれこれと大変にございますな」

昌右衛門が笑みをたたえた顔で小籐次に言いかけ、うづに視線を移すと、

「うづさん、うちの赤目様が深川では大変お世話になっておられるそうで、私からも礼を申しますよ」

「いえ、旦那様、反対に私があれこれと厄介をかけております」

「大番頭さんから聞きました。嫌な思いをなさいましたな。なあに、赤目様が請け合われたのは私どもが承知したと同じことです。寺島村のお花大尽さんがどの程度の力をお持ちか知りませんが、理不尽な話を許すわけには参りません。うちは御城ともつながりがございますし、なんたって御鑓拝借の赤目様がうづさんに

は付いておられますからな」

　昌右衛門がうづを安心させるように言った。

「赤目様、旦那様と相談申し上げてこのようなことを考えました。久慈屋にうづさんを匿《かくま》うのは簡単ですが、それではうづさんが気詰まりだったり遠慮なさったりするかもしれません。そこで、新兵衛長屋には空き部屋もございますので、そちらで寝泊まりするほうがうづさんも気楽に過ごせるのではないかと思いましてな。赤目様が仕事に行かれるときは、駿太郎様と一緒にそちらにおいでなされば安心にございましょう。どうですな」

　と今度は観右衛門から二人に提案があった。

「おお、そのことは考えも付かなかったぞ。最初からこちらにと考えておりましたでな」

　と応じた小籐次が、

「うづさん、わしの長屋はこちらの家作の一つでな、芝のご町内で直ぐ側《そば》じゃ。同じ長屋ならば、なにがあってもわしが守れるからな。どうじゃ、うづさん」

　と言うと、うづの顔にどことなく安心の表情が漂った。

「赤目様の知り合いというだけで、このようなご親切をお受けしてよいものでしようか」

「そのことを案じる必要はないぞ。忌憚《きたん》なく、正直に望みを言えばよいのじゃ」

「なら、私、赤目様と同じお長屋にしばらく寝泊まりさせて下さい。そのほうが、皆様にもご迷惑を掛けることにならぬかと思います」

「よし、それならばうづさん一人が過ごせる夜具一式、着替えなどを届けさせますぞ」

という観右衛門の一声に、

「小舟に乗せて運べばよいか。お借りします」

と小籐次が応じて、うづの新兵衛長屋暮らしが決まった。

朝餉の後、小籐次と駿太郎はうづを従えて、新兵衛長屋の裏庭と接する堀留の石垣に小舟を舫った。小舟には夜具と、おやえが用意してくれた着替えや手拭いなど当座の暮らしの道具が満載されていた。

勝五郎が井戸端から目敏《めざと》く見付け、

「朝帰りかと思ったら、どこぞの娘をかどわかしてきたか」

と怒鳴った。

「勝五郎どの、人聞きが悪い。ほれ、駿太郎を受け取ってくれぬか」

「あいよ」

と駿太郎をうづから受け取り、

「おれは酔いどれの旦那の隣に住む勝五郎だ。よろしくな」

「うづです。お世話になります」

「勝五郎どの、ちと事情があって、しばらく新兵衛長屋に厄介になることになった。久慈屋には断ってある」

「旦那の家の前がうまいこと空いてらあ」

勝五郎の女房のおきみら長屋の女衆が集まり、賑やかにも、空いていた長屋に久慈屋から借りてきた道具を運び込んでくれた。そこへお麻と一緒に浩介が姿を見せた。浩介は昌右衛門か観右衛門の命で、うづが長屋に住まいすることを差配のお麻に告げに来た様子だ。そのお麻が、

「なにか足りないものがありましたら、うちは木戸の前です。声をかけて下さいな」

とうづに言った。

「なにからなにまで皆様のご親切に甘えるようで、心苦しゅうございます」

「なあに、長屋の暮らしは相身互いだよ」

と答えた勝五郎が、

「赤目の旦那、ちょいと長屋のみなの代わりにおれが訊くが、うづさんは家族を避けておまえ様に助けを求めたのかい」

「いや」

と答えた小籐次は、

「うづさん、なにかが起これば、長屋の連中が一番の助けだ。掻い摘《つま》んで事情を話しておいてよいか」

と許しを乞うと、うづがこっくりと頷いた。

「ならば勝五郎さん、皆の衆、聞いて下され」

と前置きした小籐次は、うづが実家のある下平井村を離れた理由を掻い摘んで告げた。

「なんだって、ひでえ話じゃねえか。寺島村のお花大尽は仏花を作ってひと身代築いたと聞いたが、倅は大罰当たりだねえ」

「おまえさん、親も親だよ。子をなさないだの、おまんまを食い過ぎるからって、倅の嫁を二人までも離縁するなんざ、人間の皮を被った畜生だよ」

「そればかりか、今も先妻二人と水茶屋で会っているうえに、うづさんを三番目の女房にだと。ふざけた野郎だぜ」

「よし、お花大尽の馬鹿倅がもしこの長屋に押し掛けたら、厠《かわや》の汲み取り口に柄《ひ》杓《しゃく》を突っ込んで糞尿を振りかけてやるよ」

とおきみが宣告した。

「おきみさん、糞尿を撒き散らしてはいかぬぞ。あとで始末に困るからな」

と小籐次が諫めた。

ともあれ、うづの苦境を長屋の連中が知ったことでうづに同情し、女衆があれこれ指図して新兵衛長屋での暮らしが一気に整えられた。

「酔いどれの旦那、うづさんのことはわたしたちに任せときな」

「わしは稼ぎに出てよいか」

「駿太郎様の他に食い扶持《ぶち》が一人増えたんだ。しっかりと稼いできな」

「本日は久慈屋さんの店先におるでな、なんぞあれば知らせてくれぬか」

小籐次は浩介を誘《いざな》って再び小舟に乗り、久慈屋に戻ることになった。

「うづさん、駿太郎を預けてもよいのか」

「駿太郎さんの世話をしていたほうが気は紛れます」

「ならば頼もう」

うづが堀留に接した長屋の裏庭まで駿太郎を抱いて見送りに来た。

小籐次は、

「長屋にはいろいろと棒手振りが参る。要るものがあれば購《あがの》うておいてくれ」

と巾着ごとうづの手に押し付けた。うづが着の身着のままで出てきたことを小籐次は承知していたからだ。

「こんなことまで」

「なんの、巾着にはそなたが気遣うほどたんとは入っておらぬ」

と笑った小籐次は石垣を手で突き、小舟を押し出した。すると、うづの腕の中の駿太郎が、

「じいじい」

と呼んだ。

第三章　役者千両

一

小籐次は芝口橋の久慈屋の船着場まで浩介を送ると、一つ西にある難波橋まで小舟を漕ぎ上げた。

この橋際で一家を構える秀次親分に、うづのことを相談するためだ。すでに五つ(午前八時)の刻限、町廻りに出たのではと案じて小舟を舫っていると、

「赤目様、御用ですかえ」

と手先の銀太郎の声が頭上から降ってきた。

「親分はおられようか」

「近藤の旦那のお見えが遅いんで、まだおられますよ」

近藤の旦那とは南町奉行所定廻り同心の一人で、秀次に鑑札を与える近藤精兵衛のことだ。

「それはよかった」

玄関先には銀太郎の兄貴分の信吉や中吉らが町廻りに出る態勢で待機していた。

「赤目様、お早うございます」

と手先に迎えられ、小籐次は居間に通った。

秀次は狭い庭に丹精した朝顔の鉢に見入っていたが、

「赤目様、松田屋の一件じゃ世話になりましたな」

と庭から縁側に上がってきた。

「今朝はまたどうなされました」

「親分は、わしが研ぎ仕事の得意先を深川蛤町裏河岸界隈に持っておるのを承知じゃな」

「御用で川向こうまで足を伸ばしたこともありましたな。およそのことは承知しているつもりです」

「野菜売りのうづさんの身に、ちと厄介が降りかかっておってな」

と前置きした小籐次が事情を説明しようというところに、

「近藤の旦那がお見えです」

　と玄関先から手先の声がかかり、町廻りの同心らしいきびきびした裾捌きで着流しに巻羽織《まきばおり》の近藤精兵衛が姿を見せた。手には扇子を持ってばたばたと扇いでいる。額に汗が光っているところを見ると、数寄屋橋から急いできたようだと小籐次は見当を付けた。

「赤目どの、過日はお手柄でしたな。お陰さまで御目付に貸しができたようで、お奉行はご満悦です。酔いどれどのになんぞ褒美をと申されていたそうな」

「お手柄もなにも出会い頭のことで、先方から飛び込んできたのでござる」

「いえ、男女の京極房之助、あれで柳生新陰流の遣い手だそうですよ」

「屋敷は大変であろうな」

「直参旗本の子弟が日暮れどき、こともあろうに女装して鼈甲細工の店から品物と金子を強奪したのですから、まず三人は切腹、お家も改易は免れますまい。三家ともに改易だけは避けたいと、幕閣のあちらこちらに必死に嘆願なされているということですが、同情の声はどこからも上がっておらぬそうです」

「世も末か」

　と嘆いた小籐次は、

「ちとお二人に相談がござる」

と改めて前置きして、うづの身に起こった騒ぎの一部始終を語り聞かせた。

近藤精兵衛は扇子を使いながら小籐次の話を聞いていたが、

「寺島村のお花大尽小左衛門か」

となにか思い当たる風を見せた。

「旦那、なんぞ引っかかりがございますので」

と秀次が問うた。

「いや、御用部屋で朋輩が話をしておるのを小耳に挟んだだけだ。なんでも小左衛門は一代で身上を大きくした男らしいのう。花栽培には滅法詳しいらしく、土壌を改良し、四季折々の花を咲かせる腕前の持ち主とか。だがな、小左衛門はこのような花作りの技を今のところ倅にも伝えず、むろん仲間にも教えず、独り占めしておるそうな」

「一気に金儲けした男によく見かけられますな」

「秀次、こやつが身代《じか》を作ったのは、そうやって丹精した花を、吉原をはじめ、料理茶屋、水茶屋に直に売り込み、一年を通して花を売ることを思いついたからだ。さらに四宿の遊女屋や深川の女郎屋にも商いを広げていった。なにしろ吉原の大見世なんぞは、金に糸目を付けずに珍しい花を買い求めるからな。季節ともなれば寺島村のお花大尽の売り上げは何十両にもなるらしい」

「目敏い野郎でございますな」

「今一つ、小左衛門は現金商売に徹しておるそうな。日銭が入る百姓仕事なんて、だれも思いつくまい」

「親父の働き、機敏さを、倅は受け継がなかったようじゃな」

と小籐次が口を挟んだ。

「親父も親父だ。いくら銭があるったって、玩具《おもちゃ》でも与えるように倅の嫁を取っかえ引っかえするなんて、人間のすることっちゃねえ」

と近藤は憤慨の口調だ。

「川向こうは縄張り外ですが、赤目様の頼みだ。土地の親分に頭を下げて調べてみましょう」

「確かに縄張り外だが、うづという窮鳥が懐に飛び込んでいるんだ。おれも朋輩に話を通しておこう」

「お願い申す」

「どだい、百鬼の吉蔵なんてやくざ者とくっついているなら、その倅、後ろ暗いことがいくらもあろう。町廻りはおれに任せて川向こうに遠出してみよ」

と近藤が即座に手配りした。

「さようですね。赤目様ばかりにお世話をかけては申し訳ねえや。偶《たま》にはうちも働かないとね」

と秀次が笑って引き受けた。

「近藤どの、親分、相すまぬ。それがしの力が要るときはいつでも言って下され。いずこにでも出向き申す」

「承知しました」

「親分、わしは今日一日、久慈屋で店開きしておるが、それでよいか」

「まず今のところ、大看板の酔いどれ小籐次様の出番じゃございませんや。うづさんの食い扶持も掛かっておりましょう。精々稼いで下さいな。夕刻までになんぞ分りましたら、お知らせに上がります」

と秀次が胸を叩いた。

小籐次は、一足先に難波橋の親分宅を出て小舟で芝口橋に戻った。すると、店先に研ぎ場を設えたうえに桶には水も張ってあり、準備万端整っていた。

「どなたが仕度して下さったか。相すまぬことです」

と店に声を掛けると、帳場格子から観右衛門が、

「浩介と国三の仕事ですよ」

と笑い、

「京屋喜平の番頭さんから、ほれ、ここに道具を預かっておりますよ」

と布包みを目で指した。

「お客人に気を遣わせ、重ね重ね恐縮にござる」

と応じた小籐次は早速、筵の上の座布団に腰を下ろした。

京屋喜平は足袋《たび》問屋で、円太郎親方をはじめ、多くの職人衆を抱えていた。それだけに道具も数多く揃っていた。むろん小籐次に研ぎに出す刃物は上客の足袋を拵える円太郎ら、老練な職人の道具だ。それだけに神経を研ぎ澄ませた、丹念な仕事が要った。

布包みを解いた小籐次は十本余りの道具の刃先をまず確かめ、粗砥《あらと》が必要なもの、中砥《なかと》からでよいもの、仕上げ砥だけでよいものの三つに分けて、刃先が毀《こぼ》れた道具から研ぎにかかった。

無念無想、砥石に向えば小籐次の意識は刃先の角度と動きにしかない。

東海道をひっきりなしに人馬や乗り物や車力《しやりき》が往来し、いつの間にか中天に上

がった陽射しがじりじりと江戸の町を照らし付けた。

粗砥を仕上げると中砥に移る。

小籐次は何百何千回と繰り返される砥石上の動きにすべてを集中して、時が過ぎるのを忘れた。

顎の先から、

ぽたっ

と落ちる汗に小籐次は我に返った。

洗い桶の水を新しいものに替えて仕上げ砥にかかる。

十一本の道具を仕上げたとき、背からおまつの声が響いた。

「赤目様、昼餉だよ」

「おお、もはやそのような刻限か」

小籐次は洗い桶の水で顔と手を洗い、手拭いで拭った。

「おまつさん、京屋様に道具を届けてくるでな」

研ぎ上がった道具を今一度改めた小籐次は布に包み、久慈屋の隣の敷居を跨《また》ぐと、

「お待たせ致しました」

と声を掛けた。

絽《ろ》の長羽織を粋《いき》に着こなした客は歌舞伎役者か。

相手をしていた菊蔵が、

「赤目様、えらい勢いでお仕事をなされていましたな」

と声を掛けた。すると、お客が小籐次をしげしげと見詰めて、はっと気付いたふうな表情を見せて、

「番頭さん、もしやこのお方は、大名四家を向こうに回して主君の恥辱を晴らされた赤目小籐次様ではございませぬか」

と艶っぽくも張りのある声で訊いた。

「いかにも赤目小籐次様にございましてな。五代目が今履いておられる足袋も、赤目様が研がれた道具でうちの円太郎親方が裁断して拵えるのでございますよ」

「えっ、私の足袋も赤目様の手で研がれた刃物が加わってのことですか」

男にも拘らず、はっ、とするほどの美貌と華麗な色気を漂わせた客が驚きの顔を見せた。

「円太郎親方は一旦、赤目様の研がれた刃先を使うととても余人の手のものは使えぬと申しましてな。うちでは大事なお客様の足袋はすべて赤目様の手になる道

具で裁断しております」

とその人物に説明した菊蔵が、

「赤目様はお芝居に精《くわ》しゅうございますかな」

と小籐次に問うた。

「番頭どの、わしは奉公の折は厩番にござる。屋敷じゅうで内職に励む暮らしを長年続けて参りましてな、とんと遊芸には接しておりませぬ」

「ならばご紹介申し上げます。このお方は五代目岩井半四郎様と申されてな、市村座の立女形《たておやま》にして座頭《ざがしら》の名人にございますよ」

文化文政期を代表する女形の五代目岩井半四郎は、

「美貌、愛嬌、華麗」

の三拍子が揃った名女形で、

「眼千両」

といわれたほどの役者だ。

「赤目小籐次様、お初にお目に掛かります。天下無双の酔いどれ小籐次様が、まさか私の履物をこさえるのに加わっておられようとは。光栄にございます」

立ち上がった半四郎に深々と頭を下げられて挨拶された小籐次は、

「芝居小屋がどこにあるかも知らぬ朴念仁にござる。京屋喜平どのにはいかい世話になっており申す」

とこちらも腰を折って挨拶した。

岩井半四郎が眼千両といわれた眼差しで、

「番頭さん、お願いがございます。一度、赤目様を市村座の芝居に案内《あない》して下さいましな。いつでも木戸に通してもらえば済むようにしておきます」

と願い、

「五代目、心得ました」

と菊蔵が小籐次の返事も聞かず胸を叩いて安請け合いした。

小籐次が久慈屋の台所に行くと、奉公人たちが交代で豆ご飯の握りと胡麻《ごま》だれの冷や汁でうどんを啜っていた。

「赤目様、菊蔵さんにつかまって、また別の研ぎ仕事を押し付けられたかね。昼からはうちの道具が待ってるよ」

おまつがかまどの前から念をおしてきた。

「そうではない。お客人に引き合わされてな、面食らっておった」

「面食らうとは、赤目様ともあろう方が珍しいね」

「それがし、歌舞伎役者には精しゅうないでな」

「なにっ、お役者に紹介されたのかい」

「おまつさん、そのお方に芝居に誘われた」

「そりゃ、相手は客商売だ。口先ばかりならそれくらいのことは言おう」

と答えたおまつが、

「しかしおかしいね。赤目様は役者衆に貢ぐほどのなりはしてないがな」

と首を捻った。その会話を聞いていた観右衛門が、

「京屋喜平さんは名題《なだい》の役者衆も贔屓《ひいき》にされておるようですが、どなたですな」

と小籐次に訊いた。昼餉を食す奉公人の視線が小籐次に集まった。

「五代目岩井半四郎、と申されたかのう」

板の間に驚きの声が洩れた。

「なんと、眼千両が赤目様に関心を持たれたか」

「大番頭さん、いくらなんでもそれはないよ。赤目様、とくと思い出してごらんよ。たしかに岩井半四郎様だったのかい。田舎役者の寅井熊四郎じゃないのかい」

おまつが小籐次に念を押した。

「はて、念を押されると返答に困るが、菊蔵さんはたしかにわしを市村座に連れていくと安請け合いなされていたがな」

「市村座ならば間違いない。本物の岩井半四郎ですぞ」

観右衛門の言葉に、おまつら女衆がわあっ、と大歓声を上げた。

「赤目様、その話が本当なら、あたしも連れてっておくれ」

おまつが小籐次に迫った。

「おまつさん、この話、わし抜きで決まった話じゃ。おまつさんが芝居を見たければ菊蔵さんに頼み、岩井半四郎どのに面会に行けばよい」

「馬鹿こくでねえ。今をときめく立女形の五代目だよ。それこそ千両積んでも見向きもされない岩井半四郎様に、このあたしが会えるもんかね」

「ほう、それほど名高い役者か」

と答えた小籐次は、

「おまつさん、それより腹が空いた。わしにもうどんを馳走してくれぬか」

と願うと、おまつが溜息を吐き、観右衛門が、

「おまつ、赤目様にいくら眼千両の五代目を説明しても、猫に小判じゃぞ」

と苦笑いし、

「ささっ、こちらへ」

と傍らを指した。

大番頭の座の隣には、番頭に昇格したばかりの浩介がいた。浩介が久慈屋の娘のおやえと所帯を持つことが奉公人に披露されて以来、観右衛門はできるかぎり浩介を手元に置いて、

「久慈屋の跡継ぎ」

になる英才教育を施そうと努めていた。

「秀次親分に会われましたか」

「折よく近藤どのも姿を見せられたで、ご相談申し上げたところ、秀次親分自ら寺島村に出向かれることが決まり申した」

「それはよかった」

そこへおまつが小籐次の膳を運んできて、

「大番頭さん、返す返すも勿体《もったい》ない話だね。赤目様の頭は一体どうなってるんだね」

と最前の話を蒸し返した。

「おまつ、考えてみればあちらも五代目岩井半四郎と大看板ですが、この赤目小籐次様とて御鑓拝借の大名題。京屋喜平の店先の出会いは、名人は名人を知るの図ですよ。私どもは赤目様と親しくして頂いているものですから、つい人物の大きさを忘れてしまいがちですが、見る人が見れば、赤目様は大変なお方なんですぞ」

観右衛門の言葉におまつが、

「そうかねえ。大酒飲みの爺様侍にしか見えないがね」

と得心がいかぬ顔でかまどに戻っていった。

小籐次は豆の炊き込みご飯の握り飯を二つに、胡麻だれでうどんを啜り、昼からの仕事を再び始めた。

久慈屋の道具の手入れだ。

刃先に微妙な曲がりがある足袋職人の道具と違い、こちらは一直線の切れ味が身上の研ぎだ。

小籐次は束ねた紙を一気に切断する刃に仕上がるよう豪快に研ぎ上げた。そして、最後の仕上げ砥で刃に繊細な工夫を凝らした。

「赤目様」

と小僧の国三が姿を見せたのは八つ半(午後三時)の頃合だ。

「駿太郎ちゃんは、うづさんにおぶわれてえらくご満悦でしたよ」

「ほう、見かけたか」

「お使いのついでに、新兵衛長屋に寄ったんです」

「駿太郎はよいが、うづさんはどんな具合だ」

「長屋の女衆とすっかり打ち解けて、赤目様の汚れ物を洗濯していましたよ」

「なに、若い娘が爺様の汚れ物の洗濯か。気の毒にな、そう気を遣わんでもよいのにのう」

「どうせ駿太郎さんのと一緒だからいいんだって。それに、夕餉の仕度はしておきますって言ってました」

と国三が答えた。

「なにやら金なしの女衆を雇った按配《あんばい》じゃな」

小籐次は困ったような、嬉しいような複雑な気分になった。

二

夕暮れ前の刻限、秀次親分が寺島村の探索から戻ってきて久慈屋に立ち寄った。

そのとき、小籐次は久慈屋の道具の手入れを終え、おまつに頼まれた台所の出刃包丁を研いでいた。

「親分、早速の探索、ご苦労でござった」

砥石から顔を上げた小籐次は頭を下げた。

「川向こうにも兄弟分の御用聞きがおりましてね、本所三笠町の長五郎親分の知恵を借りました。わっしが汗をかいたんじゃございませんよ」

秀次が小籐次の仕事場の傍らに立ったまま言った。その様子を見た小僧の国三が、

「親分さん、これを」

と大八車《だいはちぐるま》に荷積みするときに使う踏み台を運んできた。

「小僧さん、気を利かしてくれてありがとうよ」

と礼を述べた秀次が早速踏み台に腰を下ろした。

「研ぎ仕事をしながら親分の話を聞いては失礼じゃが、もう二本ばかり残っておるで、このまま続けさせてくれぬか」

「わっしは一向に構いませんよ」

帳場格子から観右衛門が二人の様子を気にしていたが、店仕舞いの刻限ということもあって店は多忙を極め、口を挟むことはなかった。その代わり、国三に麦湯を運ばせたものだ。

「小僧さん、よう気が利くな。喉がちょうど渇いてたとこだ。頂戴するぜ」

秀次は麦茶で喉を潤すと喋《しゃべ》り出した。

「一代で分限者《ぶげんしゃ》になった寺島村のお花大尽の評判は、地元に行けば行くほど悪うございましてね。倅の二人の先妻を次々に離縁した急先鋒《きゅうせんぽう》は、小左衛門の女房のおくまということなんですよ」

「ほう、おっ母さんが嫁を追い出したか」

「倅の由太郎はおっ母あの言いなりで、面と向っては一言の口答えもできぬ男だそうでございますよ。それが離縁した嫁と水茶屋なんぞでこそこそ会っているのはあの界隈でも評判でしてね。おっ母あもおっ母あなら倅も倅、ついでに嫁も馬鹿嫁だって、陰では悪評たらたらの一家なんでございますよ」

「そのようなところにうづさんを嫁に出せるものか」

研ぎの手を休めていた小籐次は、まるで自分が父親のような気になって吐き捨てた。

「お花大尽一家の評判はよくねえが、近所の人間は一家となんらかの関わりがある。だから、一家には面と向ってなにも言えるはずもございませんや。そこで一家がさらに図に乗るって寸法でさあ。さて、倅の由太郎ですが、年は三十一、もう十分に分別を備えていいはずの大人なんだが、家じゃあ親父にもお袋にも頭が上がらず、その分、外で威張りくさっている野郎なんで。この倅を金蔓《かねづる》と踏んだのが、竪川と横川が交差する本所入江町に一家を構える遠州屋増蔵って船問屋でございましてね」

「船問屋とな」

「いえ、親父の代までは真っ当な船問屋でしたが、増蔵の代になって荒くれ者の水夫《かこ》なんぞを集めて賭場を開くようになり、船問屋の看板の陰で一端《いっぱし》のやくざ稼業と、二足の草鞋《わらじ》を履く野郎ですよ。この増蔵の賭場に由太郎が出入りして、懐が温かいものだから、由太郎兄いなんぞと煽《おだ》てられ、舞い上がっているらしい。赤目様の前に現れた百鬼の吉蔵らも、遠州屋増蔵の息がかかった連中なんですよ」

「いよいよもって、うづさんをそのような家に嫁にやれるものか」

小籐次は最後の菜切り包丁の研ぎに掛かった。

「三笠町の長五郎親分に願って、お花大尽一家と遠州屋増蔵の一家になんぞ弱みはねえか、探るように頼んで参りました。なあに、どちらも叩けば埃《ほこり》が出そうな一家だ。三笠町でも、遠州屋の裏稼業が段々と阿漕《あこぎ》になるのを放ってはおけないと思っていた矢先だそうで、南町のお指図の下で動く手筈《てはず》を付けてきました。二、三日、時を貸して下せえ」

と秀次が願った。

「親分、手際のよい手配り、痛み入る。それがしの出番なしに終わりそうじゃな」

「いえ、遠州屋には、上方くんだりから流れてきた剣術遣いが何人も雇われているそうでございます。その頭分が、なんでも因州《いんしゅう》辺りに伝わる隠岐《おきる》流人無刀《にんむとう》流とかいう剣術の遣い手の武田津官兵衛とかいう者だそうで、賭場でも一目おかれる腕前だそうでございますよ。となれば、赤目様の出番は必ずやございます」

「遠州屋の店は本所入江町か」

「横川に面した大きな構えなんで、直ぐに分ります」

「明日にも辺りを覗いてみようか」

「赤目様のことは三笠町の長五郎親分に通してございます。なんぞあれば南割下《みなみわりげ》水《すい》、三笠町一丁目の親分を訪ねて下せえ。力になってくれましょう」

「承知した」

秀次は踏み台から腰を上げると、観右衛門に会釈して難波橋に戻っていった。

小籐次はしばし秀次親分の報告を思案しながら、最後の研ぎにかかった。

この日の作業を終えた小籐次は、国三らが掃き掃除をする表に、研ぎに使った洗い水を撒いた。すると、強い陽射しに照らし付けられていた地面に水が吸い込まれるように消えた。

「暑さが夜まで残りそうじゃな」

小籐次はもう仕舞い湯に間に合うまいなと考えながら国三に言った。

「急に暑くなりましたね」

日一日と体付きがしっかりとしてきた小僧が西空を見上げた。血でも流し込んだような残照が空に広がり、濁った赤が芝口橋を往来する人々を染めていた。

「おや、秀次親分がまた戻ってこられましたよ」

国三が芝口橋の人込みから親分の姿を認めて小籐次に告げた。

「なに、親分が」

空の桶を提げた小籐次が橋を見ると、たしかに手先を従えた秀次が小走りに人を掻き分けて小籐次らのところにやってきた。

「親分、なんぞ出来《しゅったい》したか」

「近藤の旦那のお呼び出しで数寄屋橋に駆け付けるところですが、その前に赤目様にお知らせしておこうと立ち寄りました」

「なにが起こった」

「例の男女が逃げ出したそうなんで」

「町奉行から御目付の手に移されたのではなかったか」

「へえ、ですからわっしらの手は離れております。ですが、あの京極房之助め、赤目様に手捕りにされたことを恨みに思っていたようなんで、赤目様の耳に入れておこうと思いましてね」

「逆恨みされてもかなわぬが」

「ともかく事情が分らないんで、近藤の旦那の許へ駆け付けるところなんでございますよ」

と言い残して秀次と銀太郎は人込みに消えた。

「秀次親分には気の毒を致したな」

と、川向こうに行った留守に起こった騒ぎの探索に立ち遅れることになった秀次親分に申し訳なく思った。

「なにがございましたので」

血相を変えた秀次の様子を見ていた観右衛門が小籐次の傍らに来て訊いた。

小籐次が事情を話すと、

「どうやら二幕目が始まりましたな。で、うづさんのほうはどのような按配でございますな」

と、さらにもう一件の騒ぎの顚末《てんまつ》を訊いてきた。

小籐次が手短に話すと観右衛門が、

「秀次親分のお仲間が探索に入ったとあれば、まず大丈夫にございましょう。それにしても秀次親分、川を跨いで東奔西走の忙しさですな」

「観右衛門どの、今宵はこれで失礼致す。うづさんに駿太郎の面倒をみさせておるのが気にかかる」

「駿太郎様もそうでしょうが、うづさんの身がねえ」

「嫁入り前の娘じゃからな」

小籐次は道具を手早く片付けると、

「お暇致す。明日は深川に仕事に出るついでに遠州屋の家構えを見て参る」

と早々に、小舟を舫った船着場に下りていった。

「大番頭さん、赤目様はなんだか嬉しそうですね」

小籐次の背を見送る観右衛門に国三が言った。

「急に家族が増えたようで、嬉しさに戸惑っておられる背中だな」

二人は店の前から船着場を見下ろす河岸道に移動した。すると、舫い綱を外した小籐次が慌しくも竿を流れに二度三度差すと、櫓に替えて一気に堀を下っていくのが見えた。

「あんな赤目様の姿、見たこともありません」

観右衛門は複雑な気分で国三の言葉を聞いた。

小籐次が薄暗くなった新兵衛長屋の裏手の堀留の石垣下に小舟を着けたとき、

「駿太郎ちゃん、お父つぁんが戻られたよ」

という声が響いて、長屋の住人が迎えに出てきた。そんな中に駿太郎を抱いたうづの姿もあった。

新兵衛長屋全体に煙が漂い、なんとなく焼き魚の匂いがしていた。それにまだ日中の暑さが残り、だれもが長屋に入らないでいたようだ。

「うづさん、一日駿太郎を預けて済まなかったな」

「いえ、長屋の方々が交代で世話をしてくださいまして、私はさほど役に立っていません」

「来たばかりで勝手が分るまい」

小籐次が研ぎ道具を入れた洗い桶を小舟から抱え上げると、こっちに貸しねえ、と勝五郎が受け取ってくれた。

「勝五郎どの、もはや湯屋は暖簾を下ろしたろうな」

「この刻限じゃ無理だねえ。どうだ、井戸端で水を被ってさっぱりしねえか」

「そうさせてもらおうか」

小籐次が自分の長屋に戻ると、なんと膳が二つあって布巾が掛かっていた。

「夕餉の仕度までさせて悪いな」

「長屋じゅうで魚屋さんから鰯《いわし》を買い占めたんです。どこも、夕餉は鰯の焼き物と蕗《ふき》と筍《たけのこ》の煮浸しです」

「それでなんとなく焼き魚の匂いが漂っておるのか」

「勝五郎さんが音頭をとって庭に七輪を出し、長屋じゅうとお麻さんのところまで加わり、鰯を焼いたんです。赤目様が戻られる前にようやく焼きあがったところでした」

とうづが説明し、

「赤目様、水を被られますか」

と訊いた。

「うづさんはさっぱりしておるな」

「お麻さん、お夕ちゃん親子と、駿太郎さんを連れて湯屋に参りました」

「そうか、それはよかった」

「久慈屋のおやえさんには浴衣《ゆかた》や着替えや手拭いまで何組も用意して頂き、急に物持ちになったようです」

とうづが笑った。

「駿太郎、ちと待っておれよ」

小籐次は着替えの下帯に洗い曝《ざら》した浴衣までうづに持たされ、井戸端に行った。ようやく住人がそれぞれの部屋に戻り、夕餉を始めたらしく、賑やかな団欒《だんらん》の声が聞こえてきた。

小籐次は釣瓶《つるべ》で洗濯桶に水を張り、下帯一つになって水を被ると、糠《ぬか》袋で体じゅうを擦《こす》り上げた。昨夜来の汗と埃が洗い流され、さっぱりした気持ちで下帯を取り替え、浴衣を着込んだ。

木戸口に人の気配がした。

「赤目様、深川からのお客様をお連れしました」

と別れたばかりの国三の声がして、がっちりとした影が姿を見せた。

「太郎吉さんか」

いつもとは違う硬い表情で、太郎吉がぺこりと頭を下げた。

「赤目様、たしかにお連れしましたよ。早く戻らなきゃ夕餉に遅れちまいます」

と言い残し、国三は草履をばたばたさせながら木戸から姿を消した。

小籐次は太郎吉を手招きすると部屋に連れていった。

「赤目様、さっぱりなさいましたか」

と駿太郎を寝かし付けようとしていたうづが顔を上げて、深川からの予期せぬ訪問者に、

「太郎吉さん」

と驚きの声を上げた。

「まあ、上がれ」

小籐次が太郎吉を招き上げようとすると、

「おれ、うづさんが元気だと分ればそれでいいんだ。深川に戻るよ」

と遠慮した。

「太郎吉さんや、深川でなんぞ起こったというわけではないのじゃな」

小籐次の問いに太郎吉が顔を横に振った。

「わざわざうづさんの身を案じて川を渡ってきたか」

太郎吉が硬い表情のままに頷いた。

「まあ」

とうづが小さな声を洩らした。

「太郎吉さん、木戸口が閉まるまでには刻限もある。まあ、上がれ」

と太郎吉を狭い部屋に上げようとした小籐次は、

「いや、その前に井戸端で手足を洗ってくるがよい。わしも水を被ったらさっぱりとしたでな」

と太郎吉に下駄と手拭いを持たせた。

びっくりしたうづが、

「太郎吉さん、どうしたのかしら」

と呟いた。

「どうもこうもあるものか。そなたのことが気になり、矢も盾もたまらなくなったのであろう」

「どうして」

「はて」

と笑った小籐次は台所から貧乏徳利と茶碗を抱えてきた。

「太郎吉さん、夕餉はまだですよね」

とうづがそのことを案じた。

小籐次は勝五郎家との間仕切りの薄い壁をとんとんと叩き、

「おきみさん、急に一人増えたが、香の物でもないか」

と声を張り上げた。

「あいよ、ちょいと待ちな」

太郎吉が戻ってくる前におきみが、

「うづさん、鰯は余分にあったろう。青菜漬けでどうだい」

と小丼に手際よく仕度した菜を届けてくれた。そこへさっぱりとした太郎吉が戻ってきた。

「うづさんの知り合いかね」

おきみが興味津々に訊いた。

「太郎吉さんはうづさんの得意先でもあるが、わしが世話になっている家でもあるのじゃ。親父どのの万作親方は曲物の名人でな、太郎吉さんはつい最近親父どのに弟子入りをしたばかりの働き者だ」

「ふーむ」

と突然の訪問者を見るおきみに太郎吉が、ぺこりと頭を下げた。

「ゆっくりおしね」

おきみが戻り、三人は二つしかない膳を寄せ合わせ、おきみに分けてもらった菜を加えて、

「深川からよう来た」

と小籐次は太郎吉に茶碗を持たせて酒を注いだ。

「太郎吉さん、お父つぁんやおっ母さんに言ってきたの」

「ああ、なんとなくな」

「赤目様のところを訪ねるのは承知なのね」

「おれ、赤目様の住まいがどこか知らなかったもんだから、芝口橋の久慈屋さんを訪ねればきっと分ると思ってよ」

「まあ、喉の渇きを癒せ」

小籐次は手酌した茶碗酒をくいっと喉に落として一息吐いた。

「太郎吉さんの行き先を万作親方が承知ならば、今晩じゅうに無理して帰ることはあるまい。明朝、わしが仕事に行くときに一緒に戻らぬか」

「えっ、初めてきたとこに泊まっていいのか」

「うづさんはどぶ板を挟んだ向いに寝泊まりするのだ。そなたはうちに泊まればよい。夏のことだ、寒くはあるまい」

と小籐次が差配して、小籐次、うづ、それに太郎吉の三人の夕餉が始まった。

三

翌朝、朝まだき、小籐次と太郎吉は小舟で大川を渡った。太郎吉はうづが新兵衛長屋で落ち着いた暮らしをしているのを自分の目で確かめ、ほっとした様子があった。

「赤目様、迷惑かけたな」

舟中で太郎吉が改めて詫びた。

「なんのことがあろう」

櫓をゆったりと遣いながら小籐次が太郎吉にいきなり訊いた。

「そなた、うづさんが好きか」

「そいつが分らねえ」

と太郎吉が即答し、

「赤目様、うづさんが酷《ひど》い目に遭っていると聞いてよ、なぜだかおれの胸の中がかっと燃え上がったんだ。当分、うづさんに会えねえと思うと無性に寂しくなってよ。親父にうづさんの様子を見に行くと言い残して飛び出してきたんだ」

「そなたの気持ち、相分った」

「赤目様、おれはうづさんに惚れたのかね」

「相手のことが気になる、それが男と女の仲のそもそもの始まりじゃ。だが、そのような気持ちも途中で薄れていくこともあり、相手の返答次第で成就せぬこともあろう。太郎吉さんや、胸中の想いを大事にして、長い目でうづさんを見守ってやるがよい。そなたの熱い想いが真実《まこと》かどうか、時が教えてくれよう」

「焦っちゃならねえか」

「それが一番愚かなことだ。相手はしっかり者のうづさんじゃぞ。もはやそなたが格別な想いを抱いておることを承知じゃ」

「うづさんはおれの気持ちを知ってるのか」

「承知じゃとも。ゆえに焦ることはない。うづさんの身に降りかかる危難が取り除かれるのを静かに待つことだ」

「赤目様、分った」

太郎吉が爽やかに返答した。

小籐次はその朝、蛤町裏河岸ではなく黒江町八幡橋際に小舟を着けた。

太郎吉が石垣に設けられた石段に飛ぶと、舫い綱を杭にからめて手際よく結んだ。それで振り返ると、

「ほらよ」

「赤目様、なにからなにまで世話になって」

と今一度頭を下げた。

「深川暮らしは相身互いではなかったか」

「それに違えねえが、おれは赤目様になにもお返ししてないぜ」

「なにも返すことはあるまい。その気持ちをうづさんか、あるいは別の人に返せばよいことじゃ」

「うづさんでもいいのか」

太郎吉の顔に喜びの表情が溢《あふ》れた。

「それでよい」

太郎吉は階段を一段飛ばしに、躍るように上がっていった。

「わしも挨拶だけはしておこうか」

小籐次が太郎吉に続いて河岸道に上がると、太郎吉は開けられたばかりの作業場の前で母親のおそのにつかまり、なにか言い訳をしていた。

「おかみさん、わしが倅どのを引き止めて一夜泊まらせたのだ。夜分、芝から深川まで戻るのは大変じゃと思うてな」

小籐次の声におそのが振り向き、万作親方も顔を見せた。

「おっ母あ、なにも心配することはねえと言ったろうが。行った先が赤目様のところだ。赤目様がちゃんと判断なさってのことだ」

「でもさ、おまえは赤目様の長屋を知らないし、会えたかどうかも分らないじゃないか。わたしゃ、一晩じゅう心配したよ」

「太郎吉は芝口橋の久慈屋を知って行ったんだ。赤目様のところまで行き着くに決まってらあ。第一、太郎吉はもう餓鬼じゃねえ。立派な大人なんだから、案ずることなんてこれっぽっちもねえんだよ」

と答えた万作が、

「うづさんに会えたか」

と太郎吉に訊いた。

「すっかり赤目様の長屋に馴染んでたぜ。久慈屋の親切で空き部屋を貸してもらったんだ。あの分なら大丈夫だ」

と応じた太郎吉は両手を青空の広がる虚空に突き上げ、

「さあ、仕事をしなきゃあ」

と開けられたばかりの作業場に入っていった。

万作がその背を見送っていたが、

「迷惑をかけましたな、赤目様」

と小籐次を振り向き、頭を下げた。

「太郎吉さんはなんの心配もいらぬ。お二人がよい若い衆に育てられたでな」

「なりが大きいだけで、まだ餓鬼だと思っていたが」

「年頃になったということじゃ」

と男二人が言い合うのにおそのが、

「なにが年頃だって」

と訊いた。

「なに、おめえはまだ気が付かねえのか」

「なにに気が付くって言うんだよ、おまえさん」

「そのうち分るよ」

と答えた万作が、

「赤目様、うちで店開きしないか。太郎吉に安兵衛さんのとこまで御用聞きに行かせるからさ」

「二、三日前に研いだばかりじゃ。研ぎ仕事はあるまい」

「経師屋になければ、赤目様の一日分くらいの研ぎ仕事、この界隈で直ぐにも集めさせますよ。ささっ、仕事場を広げてさ、朝餉をしっかり食べて働きましょうぜ」

と万作が言う鼻先で、太郎吉がいつものように土間の片隅に筵を敷いて研ぎ場を作った。

「押し掛けたようで恐縮じゃが、仕事をさせてもらおうか」

小籐次は小舟に道具を取りに戻った。

朝餉を馳走になった小籐次が土間の研ぎ場に戻ると、太郎吉は経師屋の安兵衛のところに研ぎに出す道具があるか聞きに行ったか、いなかった。

「赤目様、さしあたってうちの鉋《かんな》の研ぎを頼もう」

万作が曲物細工用の大小の鉋を研ぎに出してくれた。

小籐次は、

(駿太郎にうづどのの分も稼がねば)

と鉋から刃先を外して指の平で毀れを探した。そうしておいて中砥からゆっくりと研ぎにかけていった。

三挺《ちょう》の鉋が仕上がった時分、太郎吉が両腕に一抱えの道具を持って戻ってきた。

「安兵衛親方のところで研ぎが必要な道具を出してもらっていると、一色町の魚源の旦那が通りかかってよ、安兵衛さんが声を掛けてくれたんだ。酔いどれ小籐次様に研ぎに出す包丁はねえかってね。そしたら、旦那が言うには、魚屋が自分ちで研ぎをしねえようじゃ、半端もんだと。すると安兵衛さんがさ、うちも職人稼業だ、職人ならてめえの手で研ぐのが当たり前だが、酔いどれ様の研ぎは違う。まあ、試しに出してみるといい、もし研ぎに不満があるなら、おれが研ぎ料を持つって啖呵《たんか》を切りなさったんだよ」

「ほう、魚源め、驚いたろう」

万作が仕事の手を休めて倅に訊いた。

「そこまで親方が言うのなら、先祖が使っていた道具が何十年と放りっぱなしだ。試しにそいつを研いでもらおう、と答えなすったんで、一色町まで旦那に同行してきたんだ」

と、腕に抱えた道具を小籐次の傍らにそっと下ろした。

「赤目様、安兵衛親方が言いなさるには、うちの道具より魚源の包丁を先に研いでくんな。赤目様の腕を疑うような魚源の言い草が気に食わない、一刻も早く、ぎゃふんと言わせたいのだと」

その話を聞いた万作親方が、へっへっへと笑い、

「安兵衛親方の気持ちが分るぜ」

と頷いた。

「赤目様、この界隈じゃあ、一色町の魚源は一番大きな魚屋だ。棒手振りが日本橋の魚市場まで行かなくても、魚源で生きのいいのが揃うと評判の店だ。なんたって、毎日魚河岸から舟いっぱいに仕入れてきて、夕方前にはきれいさっぱりと売り切ってしまうくらいだ。気に入ってもらえば仕事に困らないよ」

と小籐次を激励した。

「急に肩に重いものが載ったようだ。安兵衛親方の顔を潰してはならぬゆえ、精魂こめて研ぎ上げようか」

太郎吉が帆布で作られた道具入れを開けると、長い期間仕事に使われていない出刃包丁、柳刃包丁と大小各種が揃っていた。

「さすがは大店、道具が立派じゃ」

と感心した小籐次は、長年水を潜らず渇き切った道具を洗い桶の水に浸して馴染ませ、粗砥から研ぎを始めた。十数本の道具を中砥まで一気に掛け終わったとき、すでに昼の刻限だった。

小籐次は洗い桶の水を新しいものに替えた。

「赤目様、休みなしに根を詰めての研ぎだね。どうだね、昼餉を食さねえか」

「親方、久しぶりに難物に当たった。このまま一気に仕上げまでし遂げたい。わしのことは気になさらずに食して下され」

という小籐次に万作が、

「太郎吉」

と倅に目顔で合図した。すると、親子で話し合っていたか、太郎吉が奥へ引っ込むと大丼になみなみと酒を注いで運んできた。

「赤目様の仕上げにはこいつが欠かせねえって親父が言うもんで」

「あれこれと気を遣わせるな、太郎吉さんや」

小籐次が嬉しそうに丼を両手で受け取った。

「親方、遠慮のう頂戴する」

小籐次は鼻腔で香りを楽しんだ後、丼を口に付けると悠然と傾けた。そして、
くいくいくい
と喉に流していった。

「ふうっ」

と息を吐いた小籐次が、

「甘露でござった」

とまだ傍らに立つ太郎吉に空の丼を返し、

「さてと、最後の仕上げじゃぞ」

と魚源の先祖が使っていたという道具の仕上げにかかった。

柄の締め具が弛《ゆる》んだものを締め直して十二本の研ぎを終えたとき、八つ半（午後三時）の刻限だった。

「よし」

という呟きを聞いた万作、太郎吉の親子が、

「終わったかい」

「さすがに力が入ってたな、赤目様」

と声を掛けてきた。

「おれが届けてこようか」

「いや、先方様にご不満があれば直に聞いたほうがよい。持ち帰って研ぎなおすでな、それがしが届けよう」

「魚源、分るかい」

「緑橋際の角地であったな」

「そこだ。この刻限なら店が開いてるよ」

「ならば、ちょいと届けて参る」

小籐次は破れ笠を被り、腰に次直を差した姿で、帆布の道具入れを小脇に深川一色町へと向った。

陽射しは強く深川一帯に照り付け、陽陰で猫がぐったりと眠り込んでいた。どこからともなく風鈴の音が気怠く響いてきた。

「あれじゃな」

堀が交差する東南の角地に建つ魚源は大きな店構えであった。

暑さも盛り、客も途絶えた刻限だ。だが、何人もの職人たちが暑さを避けて、店の隅の風が通る場所で休憩していた。

小籐次が店前に立つと、

「いらっしゃい」

と声を掛けた小僧が、客ではなかったかという顔を見せた。

「主どのはおられようか」

「へえ、今、昼寝の最中です。お侍は急用ですか」

「試しに研ぎを頼まれた者だ。点検を願いたいと参上致したが、また出直そうかのう」

小僧が困った顔をしていると、奥から人の気配がした。

「おや、親方」

「馬鹿野郎、だれが昼寝だ」

と小僧を叱った壮年の男が、

「赤目様にございますな。わっしが魚源の五代目永次にございます」

と丁寧な挨拶をした。

「ご丁寧な挨拶痛み入る。わしは」

と言い掛けると、

「存じ上げております。経師屋の安兵衛親方の啖呵に、年甲斐《としがい》もなく乗ったものだと、最前から落ち込んでいたところにございますよ。うちに御鎧拝借の赤目小籐次様がご入来とは、なんとも光栄の至りにございます」

と永次が応じた。

「主どの、ご先祖はさすがに立派なお道具をお使いじゃな。研ぎ甲斐がござった」

と永次に道具入れを差し出した。

「店先ではなんでございます。奥に通って下せえ」

と永次が小籐次を店の奥へと招じ上げた。

庭に面した居間に小籐次を通した永次は、神棚の前で座し、道具入れの紐を解いた。まず大きな出刃を手にすると、光に刃を翳《かざ》して指先で、
すうっ
と触り、

「これは」

と言うと、小籐次が精魂傾けて研いだ包丁を次々に確かめた。

「驚いた」

と呟いた永次は、

「ちょいと店で試してようございますか」

と断り、道具を持って店に戻っていった。直ぐに、

「おい、常の字、今残っている中で一番大きな鯛《たい》を持ってこい」

と言う声が店から響き、奉公人らが永次の包丁捌きを見詰めている緊張した空気が漂ってきた。しばらく沈黙の時間が経過した。

「留三郎、この柳刃を使ってみねえ」

と職人に手渡した気配があった。無言で受け取った職人が鯛を捌く緊張の時が流れ、

「親方、こんな切れ味の包丁は見たことがねえ」

と感嘆した。

「兄い、おれにも捌かせてくんな」

「おれにも」

と大勢の奉公人が交代交代で包丁を使う気配が伝わってきた。

小籐次はそんな店の様子に耳を傾けながら、いつしかこくりこくりと居眠りに落ちていた。

どれほど眠っていたか。

ふと気配を感じて目を開けると、魚源の五代目永次をはじめ、大勢の奉公人が小籐次を見詰めていた。

「赤目様、勘弁して下せえ。赤目様が御鑓拝借の武勇を持つお方とは存じておりましたが、研ぎの腕前も並み外れていなさる。一芸に秀でた人は、どんなことでもおできになるんでございますね」

「主どの、わしの家は代々西国小藩の厩番にござってな。亡父が、奉公をしくじったとき人様に迷惑を掛けずに生きていけるようにと、あれこれ教えてくれたものにござる。師があって厳しい修業をした業前《わざまえ》ではなし、お笑い下され」

「赤目様、冗談じゃございませんよ。わっしは生まれついての魚屋にございますが、あれほど切れ味のいい包丁で刺身をつくった覚えはございませんや」

と言うと、ぽんぽんと手を叩いた。すると角樽と、大皿に綺麗に盛られた鯛のお造りが運ばれてきた。

「赤目様、わっしが大口を叩いた詫びの一献でございます。どうか、下ろしたての鯛と一緒に召し上がって下せえ」

「なんと、初めての家に来て居眠りをした後に、酒と鯛のお造りまで頂戴できるのか。なにやら盆と正月が一緒に来たようで、夢ではないか」

と答える小籐次に、一升は入りそうな大杯が差し出され、

「それ、たっぷりと注げよ。天下の酔いどれ様が召し上がるんだぜ」

と永次の命で奉公人が角樽を抱えて、大杯に注ぎ込んだ。

小籐次の鼻先に芳醇な香りが漂った。

「こりゃ、たまらぬ」

小籐次は二人の男衆が捧げ持つ大杯に両手を掛けて、

「馳走になる」

と言うと、ぐびりぐびりと喉を鳴らして瞬く間に一升を飲み干した。

四

小籐次は昼酒にすっかりでき上がり、緑橋際の魚源からふわりふわりと黒江町

八幡橋の万作親方の作業場に向って戻っていった。

途中、小籐次は五体にひっかかるような、

「目」

を意識した。

だが、夢心地の只中にある小籐次は格別気に留めたわけではない。

永次の勧めで大杯で二杯、都合二升を頂戴し、永次が自ら捌いた鯛のお造りを五、六切れ食べて、

「うーむ、主どの。この鯛の舌触りは初めてじゃ」

「豆州網代《ずしゆうあじろ》で獲れた鯛も美味《うま》いが、こいつは、赤目様が研ぎ上げた柳刃が作り出した美味ですぜ。おれも柳刃が勝手に動く研ぎなんて初めてのことだ。改めて礼を言いますぜ。酒も鯛も存分に堪能してくんな」

「酒もあても程々がよい。いや、十分に馳走になった」

小籐次が辞去の挨拶をすると、

「万作親方のとこで仕事中と聞いたんで、本日は引き止めませんよ。赤目様、末永いお付き合いを願いますぜ」

と永次が奉書紙に包んだものを小籐次の前に差し出した。

「些少だが、研ぎ料でございます。お納め下さい」

「主どの、本日は挨拶にござれば研ぎ代は頂かぬ。いや、すでに酒と鯛とで頂戴しておるでな」

小籐次が研ぎ代を固辞すると、

「ならば鯛の残りを包ませます。土産にして下せえ」

と竹皮の大きな包みにしてくれたものをぶら下げて、魚源の奥から店へと出てきたのだ。そして、半町も歩かぬうちに、どこからともなく見張られる気配を感じ取った。すると急に酔いが回ったか、小籐次の腰がすとんと落ちてふらりふらりとした歩き方になっていた。

万作親方が戻ってきた小籐次に目を留めて、

「おや、ご機嫌のようだね」

「親方、昼間から相すまぬ。魚源の主どのに馳走になった。これは土産にもろうたものじゃ」

「赤目様の研ぎが気に入ったようだね。その包みはうちで預かっとくよ」

「お陰さまで得意先が一軒増えたようじゃ。深川に来たときは必ず立ち寄ってくれと言われた」

「それはよかった」

小籐次は研ぎ場の筵にどたりと座り、

「よし、安兵衛親方の道具をし遂げるぞ」

と呟いた。

「赤目様、その酔いっぷりじゃ危ないぜ。手元が狂って怪我をすると、折角の稼ぎがふっ飛ぶ。経師屋の親方の道具は明日でもいいや。それよりしばらく横になって休まないか」

と太郎吉が案じてくれた。

「昼寝か、悪くないな」

「なら汚えが、居間に通ってくれ」

「いや、川風が通る舟がよい。あそこで四半刻ほど寝かせてもらおう」

小籐次は太郎吉に言うと筵の上に立ち上がり、ひょろりひょろりと河岸道から石段を下りていこうとした。

「赤目様は、ほんとうに酔いどれ様になったよ。ほれ、手を貸しな。そんなにひょろついてたんじゃあ、堀に落ちるぜ」

太郎吉が親切にも、小柄な小籐次を抱えるように小舟に下ろしてくれた。

小舟には河岸道に植えられた柳の葉影が伸びていた。傾きかけた陽射しが作り出す濃い影は風にゆらゆらと揺れていた。

「太郎吉どの、すまぬな」

小籐次は腰から次直を抜くと、舟底に置いた。さらに被っていた破れ笠を頭からとると、次直の傍らに投げた。

「昨日、おれが厄介になったから、よく眠れなかったろう。悪かったな」

太郎吉の言葉を聞きながら小籐次はごろりと舟底に横になり、破れ笠を顔に被せて次直を抱え、もう一方で手枕をして眠りに就いた。

太郎吉が見ていると、小籐次は高鼾《たかいびき》をかいてなんとも気持ちよさそうだった。

「今日はもう仕事にはなるめえな」

と呟くと、太郎吉は河岸に上がり、

「親方、赤目様の研ぎ場を片付けていいかねえ」

と親父の万作に訊いた。近頃太郎吉は作業場に入ると万作を、

「親方」

と呼び、親子の縁を忘れて師弟であることを自らに意識させようとしていた。

「魚源の道具を見たときの赤目様の目付きったらなかったものな。あれだけ根を

詰めて仕事を続ければ、疲れもしようぜ。今日の仕事は打ち止めだな」

と万作も片付けることを承知した。

太郎吉は砥石を丁寧に洗い桶で清め、濡れ雑巾に一つ一つ包んだ。そうしておいて洗い桶の水を通りに、ぱあっと撒いた。

長く影を伸ばし始めた陽射しの中、竹藪蕎麦の縞太郎がやってくるのが目に入った。

「赤目様はどうしていなさる、太郎吉」

「聞こえねえか、あの高鼾がさ。小舟で風に吹かれて昼寝の最中だ」

「昼寝だって。これまで聞いたこともねえぜ」

「おれがさ、緑橋際の魚源から包丁を預かってきて、赤目様が研ぎ上げたと思いねえ。仕上がった刃物を届けて戻ったら、すっかりでき上がっていたってわけだ」

「ははあん、酔いどれ様のご入来ってんで、飲まされたな」

「研ぎが気に入ってもらえて馳走になったようなんだ。昼酒が利いたんだな」

と太郎吉が答え、

「なんぞ用か」

と高齢が聞こえる堀のほうを見た。

「おお、それをうっかり忘れるとこだったぜ。入江町の遠州屋増蔵一家の連中が、赤目様とうづさんのことを聞き込みにさ、蛤町界隈に姿を見せたぜ。寺島村のお花大尽の倅の馬面も一緒だ。そいつを教えておこうと思ってさ」

「それにしても、ようようちに赤目様がいるってのが分ったな」

「豆腐屋の磯公がさ、赤目様は万作親方のとこで店開きと教えてくれたんだよ」

磯吉は天秤棒《てんびんぼう》の前後に水を張った桶を吊るし、豆腐を浮かべて売り歩く振り売りだ。

「朝方、うちに来たものな」

と得心した太郎吉は、

「まさか、うづさんのとこまで手が伸びねえよな」

「遠州屋の連中が脅して聞き出そうたって、この界隈の連中が口を割るわけはないよ。うづさんとは付き合いが長いもんな。だけど、注意するにこしたことはないからな、こうして赤目様に知らせに来たんだ」

「あいつらがいくら無鉄砲たって、昼間からなにも仕掛けめえ。赤目様は疲れておられるようだから、あのましばらく寝かせておこう」

「それがいいな」

と応じた縞太郎が河岸道の柳の傍らに立ち、

「おうおう、なんとも気持ちよさそうに眠ってるぜ」

と驚きの声を上げたあと、

「太郎吉、うづさんの身が心配か」

と訊いてきた。

「そりゃ、知り合いだもの、気にかかるさ」

「気にかかるくらいで芝口橋まで突っ走るか」

「なんだ。そいつも承知か」

「おう、おれはさ、おめえがうづっぺにほの字と睨んだがねえ」

「縞太郎、余計なことを言うんじゃねえぞ。おめえはおきょうさんのことを案じてればいいんだよ」

「おきょうと一緒になるときにおめえに助けられた。今度はおれがおめえを助ける番だ。なにか手伝えることがあったら、言ってくんな」

「縞太郎、おめえの手なんぞ借りなくてもおれは大丈夫だよ」

「そうだな、赤目様が付いているものな」

と言って縞太郎はくるりと身を翻すと、竹藪蕎麦に戻っていき、

「ちぇっ、余計なお節介をしやがって」

と呟く太郎吉の顔が西陽に綻《ほころ》んだ。

小籐次は半刻（一時間）以上も高鼾で眠り込み、目覚めた。

ふうっと大きな伸びをした小籐次の目を、水面《みなも》にきらきらと反射した西陽が射た。

「なんとも気持ちがいいな」

陽は没しようとしていたが、暑さは十分に残っていた。それでも水面を吹き渡る風は気持ちよかった。

堀の水を手に掬《すく》い、顔を洗った。

(安兵衛親方の道具は長屋に戻って研ぐか)

両手に抱え込んでいた次直を腰に戻し、破れ笠を被った。すると、怒鳴り声が八幡橋界隈に響き渡った。

「おい、こんなちっぽけな家なんぞ、火を付けたって堀に蹴り落としたって、あっという間に消えてなくなるぜ。ちゃんと寺島村のお花大尽の言うことを聞かね

えか。ここで赤目って爺侍が仕事をしていたのはとっくに承知なんだよ」

「赤目様は最前までたしかに仕事をしていなさったが、もう川を渡って帰ったぜ」

太郎吉の声が応じた。

「その桶はなんだ」

「明日までうちで預かったんだよ」

「嘘をつくと承知しないぞ」

「嘘なんかつくもんか」

ぱちん
と頬っぺたでも叩かれたような音がして、

「なにをしやがる」

という万作の声が加わった。

小籐次はゆっくりと石段を上がった。

「てめえら、うづという女を隠してねえか」

「この家のどこに匿うというんだ」

「一々口答えしやがる親子だぜ。ちっとばかり痛い目に遭わせるか」

小籐次が河岸道に上がったとき、万作の作業場を十人ばかりの男たちが囲んで立ち塞がっていた。

万作の家の横手の軒下には曲物の厚材が吊るしてあった。乾燥させるためだ。その檜の板を下ろした男二人が小脇に抱えて、

「板の先で仕事場を突き回すぞ」

と突進の様子を見せた。

「待て待て」

小籐次は破れ笠から竹とんぼを掴むと、遠州屋増蔵一家の子分と思える男らの背に声をかけた。

「なんだと」

と振り向いた男の一人が、

「あっ、酔いどれの爺侍だ」

と叫んだ。すると、檜の厚板を小脇に抱えて万作の作業場に突進しようとしていた男二人が、

「こいつが酔いどれ小籐次か。えらくしなびた爺じゃねえか。堀の中に叩っ込め」

と仲間に叫ぶと、小籐次の胸を目掛けて突進してきた。

小籐次の指が捻られると、竹とんぼが茜《あかね》色の残照を受けて飛翔し、突進してくるやくざ者の無精髭が生えた頬を、
すぱっ
と切り裂いた。

「ああっ」

と悲鳴を上げた男の足がよろめき、それでも厚板を抱えて前進してきた。それを軽い身のこなしで避けた小籐次がその背を、
とーん！

と叩いた。すると、前のめりになった無精髭が、小脇に厚板を抱えたまま河岸から堀へと落下していった。

どぶん！

と水音がした。

後ろで厚板を抱えていたもう一人は、途中で放したせいで小籐次の目の前になんとか留《とど》まっていた。

「仲間が堀に落ちたのだ。そなた一人が残ったでは言い訳に困ろう」

「なにを」

小太り丸顔の男が懐から匕首《あいくち》を抜くと逆手に構え、柄を握った手にぺっと唾を吐きかけると、小籐次の胸板目掛けて突っ込んできた。

ひらり
と躱《かわ》した小籐次は、

「あっ、畜生」

と言いながら振り向こうとする男の腰を軽く蹴った。すると、相手は体をよろつかせて堀へと姿を消した。

その様子を見ていた仲間たちがさあっと左右に分れて、長脇差《ながどす》や匕首を構えた。

「おいおい、まだ陽があるってのに長脇差振り翳《かざ》して喧嘩か」

「相手はだれだ」

と仕事帰りの職人たちが足を止めて言い合った。

「酔いどれ小籐次の旦那だぜ」

「あれれ、気の毒によ。遠州屋も見境なしだが、御鑓拝借、小金井橋十三人斬りの兵《つわもの》に無理なこったぜ」

と声高に言い合うのを、

「てめえら、ふざけたことをぬかすと叩っ斬るぞ」

と子分の一人が叫んで長脇差を振り上げ、職人衆が、

「わあっ」

と叫んで飛び下がった。

小籐次はそれを黙って見ていた。

ぞろりとした長羽織を着込んだ顎の長い男が、羽織の背襟に派手に扇子を差し込んでいた。

「おまえが赤目小籐次か」

馬面が小籐次に訊いた。間延びした声音だ。

「念には及ばぬ。わしが赤目小籐次じゃ」

「うづはどうした。私の嫁になる女だ」

「うづさんはそなたのような馬面は好かぬとよ。離縁した嫁二人に未練を残しておるそうじゃが、そちらの二人に相手をしてもらえ」

「言いやがったな」

と背襟の扇子を抜き取った由太郎が、

「さあ、皆、こいつをやっつけておくれ」

と命じた。

「若旦那、相手は赤目小籐次だ。たっぷりお礼を弾んで下せえよ」

と兄貴分が応じると、

「一気に囲んで叩き伏せるぜ」

と仲間たちに檄《げき》を飛ばした。

「太郎吉どの、心張り棒があったな。投げてくれぬか」

と小籐次の呼びかけに、太郎吉が、あいよ、と戸口の内側に立てかけてあった心張り棒を、

「ほーい」

と遠州屋の子分たちの頭越しに投げて寄越した。それを片手で受け取った小籐次が、

「百鬼の吉蔵はおらぬのか」

と兄貴分に訊いた。

「百鬼の兄いは、おめえなんぞに関わり合っていられぬとよ」

と叫ぶように言うと、

「それ、一気に畳むぞ」

と大声を上げて自らも長脇差を翳して突っ込んできた。

小籐次も心張り棒を片手に半円形に囲んで襲いくる相手に踏み込み、右に左に棒を振るった。

「あ、痛い」

「やりやがったな」

と声が飛び交う中、小籐次の小柄な体が舞い踊るように動き、ばたばたと遠州屋の子分たちが倒れていった。

小籐次は半円の外へと一旦飛び下がって自分の仕事を確かめるように見た。残っているのは兄貴分ら四人ばかりだ。

「ちっとは骨がある連中と思うたが、口ほどにもないのう」

小籐次の言葉に馬面の由太郎が、

「拓造兄い、なんとかこやつの口を塞いでおくれ」

と扇子を振り回した。

「よし」

と自らを鼓舞した拓造と二人の仲間が、長脇差や匕首、思い思いの得物《えもの》を翳すと突進してきた。

小籐次はもはや踏み込むこともなく、引き付けるだけ引き付けて、心張り棒を八の字に振るった。

肩口を叩かれて長脇差を手から飛ばした拓造が、地面につんのめって転がった。続いて残る二人が倒れ伏し、万作親方の仕事場の前にごろごろと鮪《まぐろ》のように転がった。

残っているのは馬面の由太郎だけだ。

木桶を抱えた太郎吉が由太郎の背後に回ると、頭から、ざんぶ、と桶の水をぶちまけた。

「ひえっ、なにをするんだよ」

「いいか、てめえのような男のくずは、うづさんは大嫌いだとよ」

と溜飲《りゅういん》を下げたような太郎吉の声が響いて、

「こたびは座興と思うて許す。次なるときは赤目小籐次の来島水軍流が、そなたの素ッ首を胴から斬り離す。分ったか」

「首が胴から離れるって、嫌だよ」

「もはやうづさんに手出しはならぬと思え、馬面どの」

小籐次の声が応じて、由太郎が悄然《しょうぜん》と肩を落として騒ぎにけりが付いた。

第四章　羽織のお化け

一

その夜のうちに経師屋の安兵衛親方の道具を長屋で研いだ小籐次は、翌朝、再び大川を渡って蛤町に向った。

小籐次の心積もりでは深川の得意先を早々に片付けて、できることならば浅草並木町に回り、浅草寺《せんそうじ》御用達の備前屋の梅五郎親方のところに顔出ししたいと考えていた。

前夜、小籐次はまだ湯屋の開いている刻限に新兵衛長屋に戻ることは叶わなかった。

井戸端で、うづが沸かしてくれていた湯を盥《たらい》に張り、水でうめて行水をし、さっぱりとした。

夕餉の刻限はとうに過ぎていたが、うづは小籐次の戻るのを待っていてくれたのだ。

「うづさん、若いそなたに駿太郎の面倒を見させて相すまぬことじゃ。わしの帰りはいつになるやもしれぬ。早めに済ましてよいのだぞ」

「一人で食べてもつまりません」

と応じたうづが、酒の仕度をしようとした。

「うづさん、酒はよい。昼酒を頂いてな、小舟で昼寝まで貪《むさぼ》った。うづさんにはすまぬことをしたと思うておる」

「赤目様、昼酒とは珍しいですね」

「いやはや、太郎吉どのがな、得意先を一軒増やしてくれたのじゃ」

と前置きして、魚源の一件を飯を食べながらうづに語り聞かせた。

「魚源さんは私の得意先です。赤目様、あそこが得意先になれば、もはや仕事に困ることはありませんよ」

とにっこりと笑って、うづが請け合ってくれた。

「得意先がそうそう増えてもこちらの身が保たぬわ」

と苦笑いした小籐次が、

「そのようなわけで、魚源の永次どのに酒と鯛のお造りを馳走になった。おお、そうだ、忘れておった。永次どのから鯛の半身と頭を頂戴したのだ。長屋に戻って食べよとのことであった。うづさん、賞味せぬか」

と小籐次は洗い桶から包みを出した。

「この季節ゆえ、半身には塩が振ってある。切り身は焼きものにして、頭は潮汁《うしお》にせよと指図まで頂いた」

包みを開いたうづが、

「まあ、立派な鯛のお頭だこと。赤目様の研いだ包丁を試すために、魚源の旦那様ったら、鯛を一尾捌いたのね」

「そういうことじゃ。お造りを五、六切れ頂戴したが、なんとも頬が落ちるほどの美味であったわ」

「今晩は食べられません。明日、赤目様が出かける前に焼いて、お弁当に持っていってもらいます」

「一人では食べきれんでな、うづさんも昼に食せ」

さらに小籐次は一日新兵衛長屋で駿太郎の守をしていたうづに、

「寺島村の馬面どのにも会うたぞ」

と告げた。

「えっ、由太郎さんに会ったのですか」

「会うた会うた」

小籐次は万作親方の家の前での騒ぎを話した。

「赤目様、由太郎さんが重々後悔したのなら、もう私に手出しはしませんよね」

うづの顔に喜色が浮かんだ。下平井村に帰れる喜びか。

「あの手合いはしつこいでな、まだ奥の手は出しておるまい。頃合を見てなんぞ仕掛けて参る。こちらも、南町奉行所の同心の近藤様に釘を刺しに行って頂こうと思う。そこまで念を入れねば、あの連中、安心はできぬ。うづさん、駿太郎の守で退屈じゃろうが、もうしばらく我慢してくれ」

「退屈だなんて、ちっとも思っておりません。長屋の方々があれこれと親切に気配りして下さるし、久慈屋の番頭さんの浩介さんがおやえさんと一緒に顔を出してくれました」

「そうか、浩介さんがおやえさんとな」

「おやえさんは久慈屋に駿太郎さんを連れて遊びに来てと言われて、明日には伺う約束ができました」

「おやえさんとうづさんは年が近いでな、よい話し相手になろう。訪ねていけばよい。大店の奥を見る機会などそうそうないからな」

小籐次はうづの給仕で夕餉を済ますと、安兵衛親方の道具の研ぎに取り掛かった。

そして今、小籐次は焼き鯛に香の物、握り飯を持たされて仕事に出たところだった。

一方、駿太郎をおぶったうづが久慈屋を訪ねようと芝口橋に差し掛かったとき、すでに陽は三竿《さんかん》の高さにあって、今日も江戸は暑い一日となりそうだった。

うづは芝口橋の途中で立ち止まり、表通りの東海道の人込みを呆然と見た。うづにとっての江戸は深川界隈だ。深川だって中川沿いにある下平井村に比べれば人が多いと思っていたが、東海道の混雑は比べものにならなかった。

幅四間二尺、長さ十間、橋台九尺の橋は、元禄の頃まで新橋と称されていたが、宝永七年（一七一〇）九月に橋の北側に芝口御門ができたために芝口橋と改められていた。

故に土地の古老には未だ、

「新橋」

と呼ぶ人もいた。

芝口橋上には槍持ちを従えた武家の乗り物、幟《のぼり》を立てた荷車、鞍《くら》の左右に荷を振り分けた馬、威勢のいい辻駕籠が往来し、その間を徒歩《かち》の人々が忙しげに歩いていくのだ。すでに西へ向う旅人は三刻（六時間）も前に出立して、とうの昔に六郷の渡しを越えている頃だろう。

うづが蛤町界隈で一日に会う、何十倍もの人数が橋上にいた。その人々は一様にせかせかと歩いていた。

（なんて目まぐるしいのでしょう。私はとても御城近くには住めそうにないわ）

と思いながら、うづは人込みから久慈屋を見た。

芝口一丁目の北と、芝口金六町と芝口北紺屋町の間に架かる芝口橋の金六町角に、久慈屋の大きな店がでんとあった。

「駿太郎さん、久慈屋さんに参りますよ」

と背に声をかけたうづは店頭に立った。すると、小僧の国三が目敏くうづと駿

太郎の二人を認めて、

「うづさんと駿太郎様が見えたぞ」

と大声を上げた。そのせいで帳場格子から大番頭の観右衛門が顔を上げて、

「おや、うづさんですか。おやえ様が奥でお待ちですよ」

と会釈した。

「このような刻限にお邪魔して宜しかったのでしょうか」

「商いは一段落ついたところ、奥ものんびりなさっている頃合ですよ」

と観右衛門が答えたとき、

「ささっ、芝口橋を往来中の皆の衆、今日はちいとばかり芝口橋に縁のある艶っぽい話の読売をとくと紹介致しますぞ。御用とお急ぎのない方も、急ぎの御用のお方もしばし足を止めて、読売屋の話を聞いて下されよ！」

と手拭いを吉原被りにした読売屋が声を張り上げ、忙しげに橋を渡っていた人々が足を止めた。

「読売屋、なんだえ、芝口橋に縁があるって話はよ」

と職人風の男が読売屋に掛け合った。

「親方、わっしがなんで吉原被りをしているか、見当が付きなさるか。見事当て

たら、一分を進呈しよう」

「この暑さに吉原被りをした理由な。そりゃ、この強い陽射しを避けるためだ」

「はい、外れ。親方、一分金をくんな」

「いつだれが、おめえと一分を賭けたよ。てめえが勝手にくれるといったんじゃないか」

「まあ、そうとんがりなさるな、一分くらいの金でさ」

「てめえ、大きく出たな」

と職人が腕まくりして、さあ、話せ、と催促した。

橋上の大勢の野次馬に囲まれて頭一つ分を突き出した読売屋が、片腕に刷り立ての読売の束を抱え、もう一方の手に竹棒を持って、その棒をくるりと回して久慈屋を指した。

「皆も承知のとおり、芝口橋に店を構えて八代目の老舗久慈屋さん、出自を辿《たど》れば常陸国《ひたちのくに》久慈川上流の西野内村だ。そこで漉かれる西ノ内紙を江戸で売り出されて、ただ今の身代を築かれた商人だ」

「おや、うちのことが」

と観右衛門が読売屋の口上に耳を欹《そばだ》て、うづもその傍らから何事かしらと耳を傾けた。

「おまえ様方、この数年前から久慈屋さんの店先で砥石を並べて商いをなさる爺様侍がおられるのを承知か」

「読売屋、あたぼうよ。天下の赤目小籐次様だ。今頃、御鑓拝借や小金井橋十三人斬りの話を蒸し返しても、だれも読売は買わねえよ」

「みなまで申されるな、熊さんよ」

「だれが熊公だ。おりゃ、大工の留吉だ」

「あいな、留さん」

「なんだ、読売屋」

「掛け合う話じゃございませんよ。この赤目様が、なんと竹細工で一つ百両の行灯を拵えなすった」

「なんだって、竹細工の行灯に百両ってか。だれがそんなもの買うものか」

「そう、失礼ながら留さんの懐具合では無理だ。だがな、皆の衆、金百両の行灯だ。売り主は御三家の水戸様、竹細工に金泥金箔、透き漆の台座の行灯を作ったのは赤目小籐次様だ。この行灯の紙は、ほれ、そこの久慈屋の扱う久慈の特製紙、さらにこの特別に漉いた紙に絵筆を揮ったのは水戸藩の御用絵師額賀草伯様、さらにこの行灯を一つ百両吉原明かりと命名なされたのは、水戸の殿様の斉脩様だ」

と読売屋が話を大仰《おおぎょう》に盛り上げた。

「いいか、客人。この一つ百両の行灯を十ほどこさえて江戸で売り出す算段だ。だがな、大工の留公、まかり間違ってもおまえさんのところには話がいかねえ」

「おきゃあがれ、おれを虚仮にするのはよ」

「あとでそっとおまえさんには読売をお安く進呈する」

「なにっ、くれるんじゃないのか」

「日銭を稼ぐ職人衆が、しがない読売屋からただでもらおうという魂胆はよくないぞ。さて、この一つ百両の行灯がすでに吉原京町二丁目の大籬松葉屋の、清琴太夫の枕辺を飾っておる。なぜ、まだ売り出しもされない吉原明かりが艶にも灯りを放っておるかという経緯は、なんと清琴太夫と酔いどれ小籐次様の深い、深い縁があってのことだ。さあて、皆の衆、大工の留さんならずとも一つ百両吉原明かりがどんなものか、見てみたいじゃないか。この読売にすべてが書いてある、どうだ、大工の留さん、知りたいとは思わぬか」

「よ、読売屋、この読売を太夫のもとに持参したら、遊び代が安くなるって話はねえのか」

「留さんよ、やめてくんな。天下の水戸様、御用絵師の額賀様、酔いどれ小籐次の旦那、老舗の久慈屋、さらには吉原の太夫まで関わる話、ちんけなことを言っちゃならねえぜ。江戸っ子の恥ですよ」

と読売屋が窘《たしな》めたとき、大声が響き渡った。

「読売屋さん、その読売、すべて久慈屋が買い占めますぞ！」

観右衛門の声だった。

「大番頭さん、久慈屋の分は取ってございますよ。まずは橋上の留公方に売り捌いたら、お店に伺います」

と読売屋が観右衛門に応じ、

「ささっ、早い者がちだよ」

と竹棒でぽんと読売の束を叩くと、

「もらった」

「買った、一枚くれ」

と野次馬たちが読売屋に銭を握り締めて群がった。

四半刻後、久慈屋の奥座敷では昌右衛門、お楽夫婦、おやえ、観右衛門とうづが集まり、観右衛門が仕入れた大量の読売の一枚を読み上げるのを聞いていた。だが、読売屋が野次馬を相手に面白おかしく話した以外、さほどの記事は付け加えられてはいなかった。

一つ百両吉原明かりの稚拙な絵が添えられていたのと、読売屋の話のネタ元がどうやら花魁清琴の客筋の一人らしいことが推量され、そのお大尽の言葉として、

「あの行灯、魔性の明かりにございますよ。それでのうても吉原の夢の世界になんぞの艶やかな光が加わって遊び心を擽られ、いつにも増して羽化登仙の時を過ごしました。さすがは酔いどれ小籐次様の作られた行灯じゃ、存分に酔い痴れました」

と紹介されていた。そして、清琴太夫も、

「酔いどれ小籐次様の明かりは柔らこうて、なんとも艶冶《えんや》な気持ちになりんすわいな。どなた様も一度吉原明かりを見においでなされませ。お待ち申しておりんすわいな」

と言葉を添えていた。

また読売屋は口上でこそ水戸家の名を出したが、さすがに読売の中では、

「さる譜代《ふだい》大藩」

としか記されていなかった。だが、明らかに御三家水戸藩を指すことは読み手が容易に類推できる書き方でもあった。

「お楽様、一つ百両吉原明かり、もしかすると百両以上の値がつくかもしれませんよ」

と観右衛門がお楽に言い、昌右衛門に顔を向けた。

「旦那様、いえ、間違いございません。このようなものは値があってないようなもの。吉原の大籬の太夫と客人の洩らした吉原明かりの評判は一瀉千里《いっしゃせんり》に江戸に広がり、分限者や通人が競って行灯を買い求められますぞ。水戸様としてはこの行灯をどこに委託して売り出されるか、委託された商人の腕次第で百両が二百両にも三百両にも跳ね上がりましょうな。行灯一つがどこまで値を上げるか、楽しみです」

「趣味嗜好の道具は大番頭さんが言われるとおり、値があってない世界です。大変な騒ぎになりましょうな」

その頃、小籐次は竹藪蕎麦の蕎麦切り包丁を預かり、小舟に持ち帰りせっせと研いでいた。そこへ船着場の板にからからと下駄音をさせて、包丁を持ったおかつが姿を見せた。

「酔いどれさんばかりだと蛤町裏河岸が寂しいよ」

「うづさんか。事情が事情だ、致し方あるまい」

と答えた小籐次が、

「その包丁、研ぎに出すのか」

と訊いた。

「切れが悪くなったんでね。でもさ、ここにきたらうづちゃんがいて、世間話に花が咲くのと咲かないのとじゃあ、大違いだよ」

「おかつさん、そうあからさまに爺様相手では面白うないと言うてくれるな。その代わり、研ぎ代はなしにするでな。ほれ、ちょいと貸しなされ」

と菜切り包丁を受け取った小籐次は、美造親方の道具の研ぎを一時中断して、おかつの包丁の研ぎに取り掛かった。

「酔いどれの旦那、昨日、遠州屋の連中を手玉に取ったってねえ」

「手玉というほどではないがな」

「増蔵が、こたびの一件、酔いどれにやられっ放しじゃあ、うちの看板に差し障りが出る。なんとしても赤目小籐次を始末して、うづちゃんを寺島村の馬鹿倅の嫁に上げ、失った面目を取りもどすと言って、赤目小籐次討伐隊だかなんだか、腕の立つ連中を集めて、酔いどれの首を取ったものには五十両を出すと唆《けしか》けてるらしいよ」

「それがしの白髪首が五十両か。えらく安く見積もられたものだな」

「酔いどれさんよ、なんとしてもうづちゃんのためにさ、頑張っておくれよ」

どうやらおかつはこのことを小籐次に言いたくて、菜切り包丁の研ぎを頼みに来たらしい。

「うづさんを馬面の由太郎なんぞの嫁に出せるものか。それがしの命に換えても阻んでみせるわ」

「まるでほんとうの親父様みたいに張り切ってるよ、酔いどれさんはよ」

小籐次は、ほっとした様子のおかつと話を交わしながら、瞬く間に菜切り包丁を研ぎ上げた。

「ほれ、これで大根の千切りでもなんでも作るがよい。切れ味が違おうぞ」

「ほんとうにお代はいいのかねえ」

「かまわぬ」

立ち上がったおかつが、

「酔いどれさん、今度の一件、遠州屋の親分のとこにお花大尽がだいぶ銭をつぎ込んでいるって話だ。遠州屋としても金蔓を手放したくはないや。どんな手を使っても酔いどれさんとうづちゃんにちょっかいを出す覚悟だよ。夜道を歩くときは気をつけておくれよ」

「ご忠告、有難く聞きおく」

「うづちゃんの身、くれぐれも頼んだよ」

「委細承知した」

ようやくおかつが下駄音を立てて船着場から河岸道へと上がっていった。

小籐次は竹藪蕎麦の道具の手入れに戻りながら、一度、入江町の遠州屋と寺島村のお花大尽の屋敷を覗いてみねばなるまいなと考えていた。

二

昼下がり、深川界隈を赫々《かくかく》たる陽光が照り付けて風もなく、河岸道を歩く人の姿は絶えていた。堀を使って猪牙舟《ちょき》や荷船がかろうじて往来していたが、その数も少なく船頭の漕ぐ櫓の音も気怠く響いていた。

小籐次も破れ笠で陽射しを避け、堀の水で濡らした手拭いを首筋に巻いていたが、直ぐに手拭いが蒸されたように暑くなった。

小籐次の小舟は横川の菊川橋を潜り、竪川と交差する南辻橋へと向っていた。

竹藪蕎麦の道具を研ぎ上げて届けると、美造親方が、

「昼餉を食して行きねえな」

と自慢の蕎麦を茹《ゆ》でさせようとした。

「親方、本日はうづさんが作ってくれた弁当を持参でな。舟は暑いで、すまぬが弁当を店で使わせてくれぬか」

小籐次はちょっと得意げに答えていた。

「なに、うづさんが赤目様の弁当を拵えてくれたか」

「親子でもないのに気が利く娘御でな」

嬉しそうに笑った小籐次は、懐に入れてきた竹皮包みを取り出した。それを横目に見た美造が、

「縞太郎、赤目様に、汁を作ってあげな」

と命じた。その美造親方の前で、小籐次はこれみよがしに包みを開いた。

「おや、魚の焼き物まで入ってるよ」

「親方、ただの鯛ではない。豆州網代産の鯛にござる」

「口が奢《おご》っておられるな。赤目様は、普段からそのような贅沢なものを食べているのかね」

「いかにもさようと言いたいが、そうではない」

緑橋の魚源の永次から鯛をもらった経緯を小籐次が告げた。

「なんとそんな話があったか。それにしても、魚源が得意先に加わるとなると、うちなんぞの包丁は研いでもらえねえな」

美造がすねた口調で吐き捨てた。

「親方、最初からの得意先を大事にせんでどうする」

「そうかいそうかい、そうだよな」

小籐次は蕎麦汁で作られた吸い物と鯛、香の物、握り飯となんとも贅沢な昼餉を食して、蛤町の裏河岸から本所入江町へと移動してきたところだった。

小舟は南北と東西に掘り抜かれた二つの運河が交差するところに架けられた南辻橋、北辻橋を次々に潜った。

河岸道に植えられた柳もげんなりとしたように枝葉を垂らしていた。

小籐次は時鐘の下辺りの石垣下に小舟を寄せた。

石垣に沿って杭が何本か打ち込まれ、それを足場に人ひとりが上下できる梯子《はしご》段《だん》が設けられていた。

小籐次は小舟を杭に舫うと、腰に次直と脇差を差し落とし、破れ笠を被った姿で河岸道に上がった。

鐘撞き堂の下の細い陽陰に、あか犬がへばったように眠り込んでいた。万物すべてが時を止めたような暑さだ。ただ一つ、動くものといえば、ゆらゆらと立ち昇る陽炎《かげろう》だ。人影はどこにもない。

「さて、この界隈のはずだが」

独り言を洩らした小籐次は、入江町の北へとゆっくりと歩いていった。すると、半町も歩かぬうちに遠州屋の看板を見付けた。

船問屋時代の看板が、やくざ稼業にすり替わった今も屋号として通用しているらしい。

二階造りの建物の間口は十二間ほどか。奥行きが深そうな遠州屋の敷地だった。

表は東を向いているせいで、遠州屋増蔵と白く染め出された紺地の陽除《ひよ》け布が通りに張り出されていた。

「ご免」

小籐次は帆布のような厚地の陽除け布を抜けて土間に入った。

広い土間は薄暗く、小籐次はしばし視界を閉ざされた。明るい光のせいで瞳孔が絞られていたのだ。しばしその場に立って視界が戻るのを待った。

ようやく広々とした土間の様子が浮かび上がってきた。

高い吹き抜けの梁《はり》に千石船の道具なんぞが飾ってあるのは船問屋の名残りか。

奥行き二間の土間の端には囲炉裏《いろり》が切ってあったが、むろん火は入っていない。

階段下の風の通る一角で、黒猫が眠りこけていた。そして、二階から鼾が重なって聞こえてくるのは雇い人の昼寝の最中か。

「ご免」

と今一度、小籐次が大声を上げた。

ううーん、と唸る声がして鼾が消えた。

「くそ暑い最中にだれだ。用事なら後にしな」

怒鳴り声が響いて、また静かになった。

「ご免」

小籐次の訪《おとな》いの声がさらに高くなった。

「くそっ」

と飛び起きた気配がして、長脇差を片手に摑んだ若い衆が階段を駆け下って姿を見せ、

「用事なら、あとと言ったろうが」

と叫びかけたが、

「おっ、お、おめえは」

と階段の途中で立ち竦んだ。

万作親方の家の前で小籐次に打ちのめされた一人か。

「赤目小籐次が参ったと、増蔵に伝えてくれぬか」

小籐次が静かに言いかけると、目を白黒させた若い衆が、
ごくり
と息を呑み、

「兄い、親分、酔いどれ小籐次の殴り込みだ！」

と入江町界隈に響き渡る声で叫んだ。しばし森閑としていた遠州屋に、わあっという驚きの声が響き、

「殴り込みだと！」

「喧嘩仕度だ！」

と一気に蜂の巣を突《つつ》いたような騒ぎになって、子分どもが、

どどっ

と寝惚《ねぼ》け眼《まなこ》でおっとり刀に階段を駆け下って殺到しようとした。その数、十数人ほどだ。だが、小籐次が独りでいるのを見て、階段の途中で足を止めた。

小籐次はその中に百鬼の吉蔵の姿がないことを確かめた。それに秀次の言った、腕が立つ用心棒侍もいなかった。

「おい、だれか、長屋に走れ」

とその場にいた頭分が命じて、一人の三下奴《さんしたやっこ》が階段から飛び降りると、板の間の端から下駄を突っかけ、小籐次を避けるようにして表に飛び出していった。

どうやら用心棒侍は別の場所に暮らさせているようだ、と小籐次は見当を付けた。

子分たちは階段の途中で止まったままだ。

その者たちの動きを牽制するように小籐次は、破れ笠の縁から竹とんぼを抜くと、指で摘まんで子分たちを睨んだ。すると、相手が一様に首を竦めた。

小籐次は、火の入っていない囲炉裏端にどっかと腰を下ろした。

奥から気配もなく衣擦《きぬず》れの音がして、夏羽織の男が姿を見せた。商人然とした挙措となりで、長脇差など刃物を持っているふうではなかった。

「赤目小籐次様のご入来とは、遠州屋増蔵、光栄の至りにございます」

「わしが考えておった遠州屋とは、ちと様子が違《ちご》うたな」

「遠州屋は代々の船問屋です」

「とはいえ、船問屋を生業《なりわい》にしているとも思えぬな。階段に居並んだ有象無象の面付きが気にくわぬ」

「うわっはっは」

と笑った増蔵が板の間に正座すると、

「ところで赤目様、なんぞ御用にございますか」

と訊いた。

「おおっ、そのことじゃ。寺島村のお花大尽の倅、馬面どのの酔狂をそなたらが手助けしておるゆえ、ちと相談をと思うてな」

「由太郎さんの嫁様のお話で」

「嫁もなにも、三人目というではないか」

「三人だろうと四人だろうと、赤目様、嫁は嫁にございますよ。お花大尽はこの界隈でも有数の分限者、嫁になるほうもお得なお話です。なんぞ不満がございますので」

「おお、それだ。当のうづさんがな、馬面どのが嫌いと申しておるのだ。家風に合わぬからと先妻を離縁したは致し方ないにしても、馬面どのは親に隠れて、別れた筈の相手と水茶屋なんぞで密かに会うておるという話ではないか。うづさんは馬面どのの慰み者にはなりとうないそうな」

「弱りましたな。うづの親は寺島村に世話になった経緯もございますし、親同士の話も付いておるとのこと。それを端から他人がごちゃごちゃ口出しするのは、いかがなものにございましょうな」

「そなたから馬面に話を通してはくれぬか」

「赤目様、この一件、他人が口を挟む話ではございませんよ」

「さようか。談判決裂じゃな」

小籐次が囲炉裏端から立ち上がった。

そのとき、表通りに足音が響いて、用心棒侍が刀を手に飛び込んできた。

小籐次は三人がきょろきょろと薄暗い土間を見回すのを黙って見ていた。

「おや、主」

一人の用心棒侍が板の間に正座する増蔵に気付き、言葉をかけた。

「不逞《ふてい》の爺侍は戻りましたかな」

「いえ」

と応じた増蔵の視線がゆっくりと小籐次に行き、用心棒侍らの目もその視線を追って移動し、小籐次に気付いた。

「おっ、そこにおったか」

「武士の情け、有難く思え」

「武士の情けだと、なんのことだ」

「そなたらが飛び込んできた折、それがしが動いておれば、そなたらの首はもはや胴には付いておらぬわ」

「ぬかしたな」

手にしていた黒塗りの鞘を帯に差し込んだ一人が、

「園田氏《うじ》、堂本氏、五十両頂戴致すぞ」

と仲間に喚《わめ》いた。

「畏《かしこ》まって候、古谷どの」

「そういえば、遠州屋。それがしの首に五十両を懸けたそうじゃな。ちと安うはないか」

「ご不満で」

「それがしの首、かつて千両の高値が付いたこともある」

「赤目様、その話、聞きましたよ。しかしながら吉原の一夜千両やら、千両役者の千両やら、どれも値を大仰に言うときの常套文句にございましょうが。うちは掛け値なしにございます」

「ふうーん、信じぬか」

小籐次は増蔵から三人の用心棒侍に視線を戻した。

「気の毒にのう」

「なにが気の毒だ」

と言いつつ、三人がじりじりと間合いを詰めてきた。

「そなたらに、この首、五十両では渡せぬでな」

「ぬかせ、爺が」

古谷が正眼《せいがん》に構えていた剣を左肩に引き付けた。すでに間合いは一間とない。

土間に澱《よど》んでいた空気が三人の用心棒侍の体熱に掻き乱されて、ゆらりと動いた。

小籐次だけが静かに立っていた。そして、未だ次直の柄に手もかけていない。

そのことを確かめた古谷某《なにがし》が、

「とおっ！」

と気合いを発しつつ左肩から斜めに斬り下ろし、踏み込んできた。後ろの二人も同時に呼応して動いた。

そより
と小籐次が動いたのは、

「後《ご》の先《せん》」

だ。

古谷の内懐に向って飛び込みながら、次直の柄と鞘に手がかかり、目にも留まらぬ早さで抜き打たれた。

板の間に正座して戦いを凝視する遠州屋増蔵の目には、小籐次の腰間から白い光が弧状に伸びて、古谷の脇腹に吸い込まれるのが見えた。さらに小籐次の体が流水のように横手に迸《ほとばし》って堂本の肩口に斬り付け、
くるり
と向きを変えた小籐次の前で、どさりどさりと二人の用心棒侍が倒れ込み、そ

の上を飛燕《ひえん》のように飛んだ小籐次が、残る一人の園田の太股《ふともも》を斬り割って、外までその体を吹き飛ばした。

一瞬の早業だった。

小籐次はその場に動きを停止すると、その口から、

「来島水軍流漣《さざなみ》」

という言葉が洩れて、血ぶりをした次直を鞘に納めた。

遠州屋の玄関口は粛として声もない。息をすることさえ忘れたように、凍《い》て付いた空気が支配していた。

「遠州屋、最前の話じゃが、再考はできぬか」

「はっ、はい」

「どうじゃな」

「寺島村と本日内にも話し合います」

「どう話し合うな」

「むろん、野菜売りのうづには今後一切、手出しはしないと確約させまする」

「相手はお花大尽じゃぞ」

「命あっての物種にございます」

「それがよかろう」

と答えた小籐次は、

「この騒ぎ、三笠町の長五郎親分には、わしから通しておく」

「はっ、はい」

「この者たち、お医師の許に担ぎ込め。命には差し障りがないような刀傷に留《とど》めておいた。ちゃんと治療を致さば治るでな。それくらいの義理は遠州屋、そなたにもあろう。阿漕なことをするようならば、長五郎親分が動く。むろん南町奉行所の定廻り同心近藤精兵衛様も承知のことじゃぞ」

と小籐次は釘を刺した。

小籐次は未だ言葉もない土間から表へ出ようとして敷居前で振り返った。

「今一つ、遠州屋、赤目小籐次討伐隊なるものを組織したというが、やめておけ。お上の神経を逆撫《さかな》ですると、ろくなことはないわ」

「はい」

「えらく聞き分けがよいな」

「商人はお武家様以上に旗色を見極めますでな」

「それは賢い。武田津官兵衛どのにも百鬼の吉蔵にもこの旨、通しておけ」

「畏まりました」

「さらばじゃ」

と小籐次は敷居を跨いだ。その背に、

「役立たずの三人を諒庵先生のとこへ担ぎ込め」

と増蔵の声がした。

ゆらりゆらり

とようやく和らいだ陽射しの中、蛤町裏河岸に小舟を着けた。

遠州屋の騒ぎの後、本所三笠町に長五郎親分を訪ねた小籐次は、遠州屋の土間での騒ぎを告げた。

「うちが動く前に赤目様に汗をかかせましたな。遠州屋にはいい薬にございましょう。ただ、増蔵という男、一筋縄ではいきません。これで事が収まるとは考え難い。ようございます、わっしのほうは寺島村に走って、お花大尽の小左衛門とおくまの夫婦に会って、事の是非を説き聞かせて参りましょう」

と約束してくれた。

「親分、願う」

と頭を下げて蛤町裏河岸に戻ってきたところだ。すると、船着場に捨吉がいて、

「赤目様、大変だ。太郎吉さんが遠州屋の手にかどわかされたよ！」

と叫んだ。

三

竹藪蕎麦には万作親方がいて、美造らと額を寄せて相談していた。捨吉に先導されるように小籐次が店に入っていくと、万作が、

「赤目様、百鬼の吉蔵って野郎ともう一人、強そうな剣客がいきなりうちに押し掛けて、太郎吉を強引に連れ出し、船に乗せてどこかへ連れていきやがったんだ」

と悲痛な声を上げた。

「親方、いつのことだ」

「つい四半刻も前のことだ。助けておくんなさい」

「待てしばし」

「太郎吉さんはうづさんの行き先も承知だ」

美造も不安げな声を上げた。

「分っておる」

小籐次は竹藪蕎麦の小上がりに腰を下ろすと瞑想《めいそう》した。

長い時間ではなかった。

両眼をぎらりと開けた小籐次が、奥から心配そうに顔を覗かせるおはるに、

「おかみさん、冷やで一杯馳走してくれぬか」

「あいよ」

おはるが心得て、種物の丼に酒をなみなみと注いできた。

「頂戴致す」

両手で受け取った小籐次は、

くうっくうっ

と喉を鳴らして一息に飲んだ。

「捨吉、わしに付き合うてくれぬか」

捨吉は未だ店にいて、小籐次の様子を眺めていた。

「合点だ。遠州屋に乗り込むんだね」

捨吉が張り切った。

「いや、そなたを横川の南辻橋まで舟で送る。本所三笠町一丁目に、御用聞きの長五郎親分が一家を構えていなさる。その家に飛び込んで事情を告げよ。そして、遠州屋の出入りを密かに見張ってほしいと、赤目小籐次が願っていたと伝えてくれ。あとは親分が心得ていなさる」

「赤目様はどうするね」

と美造が訊いた。

「太郎吉どのと引き換える人間を一人捕まえに参る」

と答えた小籐次は、

「万作親方は、捨吉の長屋に事情を知らせてくれぬか。ちと遅くなるが、安心してくれとな」

と願うと、万作がうんうんと頷いた。

「参るぞ、捨吉」

小籐次は供に捨吉を従え、再び小舟に乗り込んだ。

「捨吉、舟縁をしっかりと両手でつかまえておれよ」

櫓がしなった。来島水軍流の操船術が役に立つときだ。小さな体を大きく使い、腰の動きを利して櫓を操った。

ぐいぐいと小舟が水を掻き分け、舳先に立てた風車がからからと音を響かせて回転した。

夕暮れを突いて小舟は一気に横川へと戻り、南辻橋の手前で捨吉を河岸道に下ろした。

「竪川を三ツ目之橋まで戻り、橋を渡って武家地を二筋三筋抜けると町屋に出る。そこが三笠町一丁目だ。長五郎親分の家はどこかと土地の人に訊けば、直ぐに教えてくれよう」

「分ったぜ、赤目様」

と答えた捨吉が、おれはその後、どうしようと小籐次に訊いた。

小籐次は薄暗くなりかけた横川を見た。子どもの足で本所から深川に戻るには遠く、陽も落ちてしまう。

「わしが迎えに行くまで親分の家で待たせてもらえ」

「親分に赤目様はどこに行ったと訊かれたら、なんと答えるんだい」

「寺島村に乗り込み、馬面どのを人質に取ると申せ」

夕暮れの光に捨吉の白い歯が浮かんで、そいつは面白いや、と叫んだ。

「親分にはくれぐれも、わしの連絡があるまで遠州屋には乗り込んでくれるなと伝えてくれよ」

「分ったぜ」

捨吉が冷や飯草履の音をさせて竪川沿いの河岸道を西へと姿を消した。

小籐次は反対に竪川を東へと小舟を入れ、一気に南十間川との辻まで漕ぎ上がると、舳先を北へと向けてさらに舟足を早めた。

半刻後、寺島村円通寺近くにお花大尽の豪壮な長屋門を小籐次が探し当てたとき、長屋門の前に一丁の駕籠が止まり、奥から、
しゃなりしゃなり
と男が出てきた。

長羽織の片袖を抜いた男は、馬面の由太郎だ。

「天、われを見捨てず。飛んで火にいる夏の虫だわい」

と呟く小籐次の前で馬面が、

「いつものように亀戸天神の船着場まで行っておくれな」

と乗り込もうとした。

小籐次が薄闇からゆらりと姿を見せると、馬面が何気なしに視線を巡らし、あんぐりと口を開けた。すると、馬面がさらに長い顔に変じた。

「お、おまえは酔いどれ爺」

「いかにもさよう」

と応じた小籐次は、呆然と立ち竦む馬面の内懐に飛び込むと、次直を鞘ごと前方に抜き、突き出した柄頭《つかがしら》で鳩尾《みぞおち》をしたたかに打った。すると馬面の体が、
くたくた
と倒れ込もうとした。その体を小籐次が抱き止め、軽々と肩に担ぎ上げた。小柄な体のどこにそのような力が潜んでいるかと思えるほどの力業だ。

「駕籠屋どの、頼まれてくれぬか」

「へっ、へい」

「馬面の身を返して欲しくば、遠州屋の一味が捕えた太郎吉を連れて今夜半、梅屋敷庭内に参れとな。この旨、お花大尽の小左衛門とおくま夫婦に伝えてくれ」

「お侍はどなた様で」

と先棒《さきぼう》が訊いた。

「赤目小籐次、またの名を酔いどれ小籐次と申す」

「なんてこった。御鑓拝借の兵が出てきたぞ」

駕籠屋の先棒が嬉しそうに破顔し、

「おいら、この馬面が心《しん》から嫌いなんだ。意外とけちでよ、威張るだけ威張りくさるからよ」

と小声で言った。

「とは申せ、商売大事じゃからな」

「いかにもさようさ。だから、こいつの前ではへいこらしてるのさ。だけど、酔いどれの旦那の一撃でくたくたとしたときにゃあ、溜飲が下がったぜ」

「頼んだぞ」

「へえっ」

と駕籠屋の声が高ぶって長屋門の中に駆け込んでいった。

捨吉は打ち水がされた三笠町の長五郎親分の家に飛び込んだ。すると、手先衆の賑やかな声が奥から響いてきた。

どうやら夕餉の最中のようだった。

捨吉の腹がぐうっと鳴った。空腹を忘れるように、

「親分さん！」

と捨吉が何度か声を張り上げた。すると、

「なんだい、小僧さん」

と箸を片手に摑んだ手先が姿を見せた。

「長五郎親分に会いたい」

「おめえはだれでえ」

「深川蛤町裏河岸から来たもんだよ。急いでくんな」

と捨吉が声を高めると、

「用はなんだ」

「だから、兄さんのような三下奴じゃ駄目なんだよ。直に親分に言うよ」

「なにっ、てめえ、おれを三下奴とぬかしたな」

手先が捨吉の返答に憤るところへ長五郎自ら姿を見せた。

「勘公、子ども相手に本気になる馬鹿がどこにいる。箸なんぞ手にして玄関先に出るから子どもにも軽んじられるんだよ」

と手先を叱り付け、

「すまねえ、おれが長五郎だ」

と名乗った。

「親分、おれは酔いどれ小籐次様の使いだ」

「ほう、赤目様の使いかえ。して御用の筋を聞こうか」

「太郎吉さんが遠州屋の手先にかどわかされたんだよ」

「太郎吉さんとはだれだえ」

「ええい、じれったいな」

と言いながらも捨吉は必死に説明した。

「小僧さん、およそのことは分った。赤目様は遠州屋の出入りを見張ってくれと言われたんだな」

「そうだよ」

「赤目様は太郎吉さんの身柄を取り戻すために、お花大尽の倅を捕まえに行ったんだな」

「念には及ばないよ、親分。さあっ、押し出すぜ」

と捨吉が指図までした。

「小僧さん、おまえさんが赤目様と南辻橋で別れたのはいつのことだ」

「四半刻とたたないよ」

「ならば押し出すまでにしばらく時間がある。おめえ、台所に行って飯を搔っ込め。戦には腹拵えが大事だからな」

「あ、ありがてえ。さっきから腹がぐうぐう鳴ってんだ」

「なら膳を一つもらえ」

と捨吉を台所に追いやった長五郎が、

「勘公、なにをしてやがる、船を用意しねえか」

未だ箸を手に突っ立っていた手先に命を出して探索の手配りが始まった。

亀戸村の梅屋敷は、伊勢屋彦右衛門の別宅として開かれたという。この庭内には、亀戸村の名の起こりとなった、

「亀ヶ井」

があったそうな。また、水戸光圀が名付けたとも言われる、

「臥竜梅《がりようばい》」

があり、早春に梅の香りが漂い、多くの見物客を集めた。

夏の夜とはいえ四つ(午後十時)も過ぎると亀戸村界隈は寝静まり、月明かりが青く照らし付けているばかりだ。

九つ(午前零時)の時鐘がどこからともなく響いてきて、梅屋敷に変化が生じた。

猪牙舟二艘に分乗して、遠州屋増蔵一家とお花大尽の夫婦が姿を見せ、ざわざわと梅屋敷の庭内に消えた。その後から三笠町の長五郎親分と手先、それに捨吉までが乗り込んだ船が、梅屋敷の船着場を通り越して半町ほど行き過ぎ、土手に生えた桜の木の下にひっそりと止まった。

さらに半刻後、再び一艘の猪牙舟が姿を見せた。

後ろ手に縛られた太郎吉が縄尻を百鬼の吉蔵に取られてよろよろと舟から降ろされ、土手を上がった。そして、最後に悠然と一人の武術家が舟を降りた。

隠岐流人無刀流の武田津官兵衛だろうか。

その様子を、北十間川の桜の木の下に潜む船から、三笠町の長五郎親分一行と捨吉が見張っていた。

「どうやら赤目様は梅屋敷を人質交換の場に決めなすったようだな」

と合点した長五郎が、一人の手先に、

「八丁堀の近藤精兵衛様の役宅に駆け付けて、この旨を報告しねえ。そのうえで近藤様にお出張《でば》りを願え」

と遣いを命じた。

「親分、八丁堀となると、だいぶ時間がかかるぜ」

「言うには及ばねえ」

手先が船を飛び下りると、土手道を走って江戸を目指した。

ぶーん
と音を立てて蚊が一行に襲いきた。

捨吉が腕に止まった蚊をぱちんと叩こうとすると、長五郎親分が、

「音を立てちゃならねえぞ、そっと追いやるだけだ」

「親分、張り込みも楽じゃねえな」

「なんでも仕事となれば楽なものはねえ」

「それにしても、赤目様は遅いよ」

「黙っておれ」

叱り付けた長五郎が問い返した。

「赤目様はほんとうにおれに従っておれと命じられたのか」

捨吉から直ぐには返答が返ってこなかった。

「どうだ、小僧」

「親分の家で待てって言われたんだよ」

「そんなこっちゃねえかと思ったぜ」

と舌打ちした長五郎が、

「致し方ねえ、おめえが出張れるのは船中までだ。捕り物になっても騒ぎに首を突っ込むんじゃねえぜ」

と釘を刺した。

「分ったよ、親分」

と応じた捨吉が、

「それにしても遅いよ、酔いどれ様」

とまた繰り返した。

時が実にゆったりと流れていく。だが、一向に小籐次が姿を見せる様子はない。

遠州屋増蔵は梅屋敷の門前に見張りを立てて、小籐次がいつ現れてもいいように手配りをしていた。

単衣の裾をからげて荒縄で襷《たすき》をして、竹槍を持った子分たちの姿がうろうろとしているのが月明かりに捨吉にも見えた。

蚊に刺されたところが痒《かゆ》くて仕方がなかったが、その内、捨吉を睡魔が襲った。

こくりこくり
と頭が揺れて、ついにはごろりと船底に横になった。

「勘公、これをかけてやんな」

と長五郎が羽織を脱いで手先に渡した。

「八つ（午前二時）の時分だな。赤目小籐次様は巌流島の宮本武蔵様のひそみに倣って、遠州屋一統を焦らしておいでのようだが、そろそろ姿を見せられてもよかろうじゃないか」

と長五郎が呟いたとき、北十間川の西の方角から櫓の音が伝わってきて、梅屋敷に緊張が走った。

門前に松明《たいまつ》を手にした子分らが姿を見せて、櫓の音に耳を傾けた。だが、その櫓の音はいつしか聞こえなくなっていた。

「親分、だれだ、今頃櫓の音なんぞをさせるのはよ。紛らわしいぜ」

と勘公こと勘九郎が呟いた。

だが、長五郎はなにも答えない。

梅屋敷門前の松明の灯りもまた門内に消えて、静寂が戻ってきた。

四半刻も過ぎた頃合、再び櫓の音が響いて、梅屋敷に騒然とした空気が漂い、松明を掲げた竹槍の一行が櫓の音を目指して走っていった。しかし、また櫓の音が消えた。そして、竹槍の一行が手にした松明の灯りが不意に消えた。

「なにが起こったえ、親分」

と勘九郎が長五郎に訊いた。

「闇の中の話だ。分るものか」

突然、

「ぎええっ！」

という悲鳴が梅屋敷の西側に位置する柳島村の土手で起こり、急にまた静けさが戻った。

門前に遠州屋増蔵がお花大尽の小左衛門とおくま夫婦と一緒に姿を見せて、悲鳴が起こった辺りをしきりに窺《うかが》った。だが、松明が消えた闇では窺い知れなかった。

闇が揺れた。

ふわりふわり
と一つだけ人影がこちらに歩いてくる気配がした。

「松兄いだ」

と門前の見張りが叫んだ。そして、走り寄ろうとした見張りを増蔵が止めた。

「酔いどれの手に乗ることになる」

松兄いはまるで酔っ払いが腰を落として歩くような恰好で、ふらりふらりと梅屋敷の門前に戻ってきたが、十数間手前で足をもつれさせて倒れ込んだ。

「くそっ！」

と舌打ちする増蔵に、

「遠州屋さん、なんとかしておくれ。うちの跡取り息子の命が掛かっているんですよ」

と絡む声が、長五郎一行らの潜む船中まで聞こえてきた。

「寺島村の旦那、ここで慌てると酔いどれの策に墜ちる。あやつ、一人なだけに、いろいろと手を使っているんだよ」

「だからって、じっと待つだけですか」

「今は我慢して待つときだ、寺島村の旦那」

という声が聞こえて三度、梅屋敷に静寂が戻った。

四

静寂は長くは続かなかった。

鶏鳴が刻《とき》を告げようと、こけこっこと鳴きかけ、なにかに怯《おび》えたように止めた。梅屋敷の門前から北十間川の西を凝視していた馬面の由太郎の母親おくまが、

「ひえっ、由太郎だよ！」

と悲鳴を上げ、門前が騒然となった。

三笠町の長五郎も、止めていた船を梅屋敷へ近付けるよう船頭に命ずると、自らは船中に立ち上がって見た。

門前で焚《た》かれる篝火《かがりび》に、奇妙な人影がふらりふらりとこちらに歩いてくるのが分った。かかしのように両手を広げ、ちょこちょことした歩みで梅屋敷の門前へと逃げようとしているのは馬面の由太郎だ。

由太郎は羽織の両袖と背に縫い通された六尺ほどの青竹に両の手首を結わえ付けられて広げさせられ、足首も六、七寸の長さの縄で縛られて、大股では歩けないようにされていた。

「太郎吉を連れてこい！」

遠州屋増蔵の落ち着いた声が命じて、こちらも後ろ手に縛られた太郎吉がよろよろと姿を現した。後ろ手の綱を取るのは百鬼の吉蔵で、その背後に武田津官兵衛が悠然と従っていた。

長五郎らの乗る船は梅屋敷側の土手に漕ぎ寄せられ、舫い綱が土手に立つ細木に結わえ付けられた。

「近藤の旦那のお出張りは間に合わねえが、致し方ねえや。おれたちだけで行くぜ」

「合点だ」

長五郎の命で十手や刺股《さすまた》などを手にした手先たちが静かに土手に飛び、低い姿勢で梅屋敷へと移動していった。そのせいで船が揺れて、捨吉が目を覚ましたが、寝ぼけ眼で辺りを見た。

そのとき、由太郎に向いおくまが、

「ほれ、由太郎、走ってこい、おっ母さんのとこまで走ってこい！」

と叫び声を上げ、由太郎が、

「おっ母あ！」

と叫び返すと駆け出そうとした。だが、足首が短い紐で縛られているので、
あっ
という悲鳴を上げて転んだ。

おくまが倅の許へと走り寄ろうとするのを小左衛門が止めた。

「なにすんだ、おまえさん」

「おくま、おまえも人質になるよ」

父親の声に気付いたか、倒れていた由太郎が両手を広げさせられた恰好で必死に立ち上がろうとした。だが、慌てれば慌てるほど、なかなか立ち上がることができなかった。

捨吉はようやくどこにいるのか分った。

「戦に遅れるとこだったぜ」

と呟いた捨吉は、体にかけられていた長五郎親分の黒羽織を脱ぎ捨てた。だが、直ぐに思い直して頭からすっぽりと被った。

長五郎親分らは十七、八間先の土手をゆっくりと、梅屋敷の船着場の方角へと前進していた。

捨吉は土手に飛ぶと河岸道に駆け上がった。すると、そこは金蔵院と竜光寺の門前で、捨吉は二つの寺の側に道を過《よ》ぎり、黒羽織を頭から被ったまま梅屋敷へと近付いていった。

「遠州屋さん、赤目小籐次はどこにおるのだ」

と小左衛門がようやく立ち上がった倅を見詰めながら、訊いた。

「今に出てくるさ。そんときが勝負だ」

「倅の命を助けて下されよ、遠州屋さん。うちはあなたにそれくらいの恩は貸してございますからな」

と小左衛門が言いかけたとき、傍らから、

「由太郎！」

と叫び声を残したおくまが倅の許へと走っていった。

「だれか、連れ戻せ！」

増蔵の命が飛んだ。

未だ由太郎と梅屋敷の門前の間には二十数間もの空間があった。子分がおくまを捕まえようと走り出し、気付いた。

「酔いどれ小籐次だ！」

子分の足が止まった。

由太郎の背後に小籐次の孤影が小さくも浮かんだ。

由太郎が母親の駆け寄る姿を目に留めて、ちょこちょこと走り寄ろうとした。

ぶーん
と由太郎の背後から物音が響いた。

由太郎には見えなかったが、小籐次が飛ばした竹とんぼが地表を這《は》って、不意に浮き上がると、ちょこちょこと走る由太郎の耳たぶを一つ掠《かす》め切って飛ばし、

ぱあっ

と血飛沫《ちしぶき》を撒き散らした。

「ああっ、やられたよ。耳がないよ、おっ母さん」

大袈裟《おおげさ》に悲鳴を上げた由太郎がまたその場に倒れ込んだ。おくまが必死の形相で駆け寄り、

「大丈夫か、由太郎」

と倅の体の上に覆いかぶさった。

小籐次も走った。

「野郎ども、酔いどれを囲んで突き殺せ！」

増蔵の命が飛び、竹槍を持った子分たちが勢いで、

わあっ！

と喚声を上げると、小籐次へと殺到した。

次直を抜いた小籐次は道に転がる母子の体の上を飛び越え、突っ込んでくる竹の槍衾《やりぶすま》の中へと躍り込んだ。

子分たちがまさかと思う小籐次の大胆な行動は、竹槍を突き出す間も与えなかった。

「突け！」

「押し囲め！」

と言う声が乱れ飛んで、竹槍がばさりばさりと両断される音がする。子分たちの包囲の輪が一気に綻び、手にしていた長脇差や竹槍の穂先が虚空に飛んだ。そして、子分たちがばたばたと地面に転がった。

小籐次は子分たちを一気に制圧すると、さらに梅屋敷へと走り寄った。

門前に掲げられた松明の灯りに、頰を血潮で汚した小籐次の髭面が浮かび上がった。

ごくりと小左衛門が息を吞んだほど、壮絶な小籐次の風貌だった。

「先生」

と言う遠州屋増蔵の声に、
するり
と小籐次の前に出たのは、隠岐流人無刀流武田津官兵衛だ。

「赤目小籐次、相手に不足なし。そなたを斃《たお》して江都にわが武名を上げる」

と官兵衛が宣告した。

小籐次は血刀を下げて足を止めた。

「酔いどれ、こやつの首筋を掻き斬るぜ」

と小鎌の刃を太郎吉の首筋に当てた百鬼の吉蔵が叫んだ。それに呼応したのは仲間の武田津官兵衛だ。

「吉蔵、この場は任せよ」

官兵衛がさらに間合いを詰めた。だが、両手はだらりと体の脇に垂らされたままで、刀の柄に触れようともしなかった。

今や小籐次と官兵衛の間合いは六、七間と縮まっていた。

(隠岐流人無刀流とはどのような剣法か)

小籐次は無刀の意を思案していた。

このとき、長五郎らは梅屋敷の船着場から門前に上がる階段のところまで迫り、姿勢を低くして飛び込む頃合を見ていた。

羽織を被った捨吉は篝火の背後に接近していた。篝火の向こうに百鬼の吉蔵がいて、太郎吉に小鎌の刃を当てていた。

(どうしたものか)

羽織お化けの捨吉が迷ったとき、

「ええいっ」

と気合いを残して無刀の官兵衛が小籐次に走り寄った。だが、間合いの途中で片手が翻り、脇差を摑むと小籐次に向って、

発止！

と抛《なげう》っていた。

至近距離からの脇差の飛来を小籐次は顔の捻りだけで避けた。

その隙《すき》を突くように、官兵衛が生死の境を越えて踏み込んできた。その手はすでになにも得物を持っていないように思えた。

右手が躍った。

だが、大刀の柄にいったわけではなかった。柄頭から鍔《つば》へと手が流れ、手首が再び翻った。

武田津官兵衛の弾む息が小籐次の近くでした。そしてその手に、大刀の柄元に添えられていたか、鎧通《よろいどお》しが構えられ、小籐次の喉元に突き立ててきた。

小籐次は咄嗟《とっさ》に踏み込んでいた。

下げていた次直が流れて、武田津官兵衛の胴へと疾《はし》った。

九寸五分の切っ先が小籐次の首筋に触れた。

同時に次直の刃が官兵衛の胴を抜き、
ふわり
と横手に斬り飛ばしていた。

どさり
と地面に倒れ伏した官兵衛が、必死に上体を起こして立ち上がろうとした。

小籐次は首筋に流れ出た血を感じながら、

「隠岐流人無刀流とは、敵を油断させるために大刀を用いずして、九寸五分で仕留める技か」

と悟った。

「無念なり、あ、赤目、こ、小籐次」

この言葉が官兵衛の口から洩れて必死で起き上がった上体が再び頽《くずお》れ、辺りに血と死の臭いが漂った。

「酔いどれ、太郎吉の首筋を掻き斬るぜ。殺されたくなければ刀を捨てねえ」

と追い詰められたような百鬼の吉蔵の叫びが門前に響き渡った。

「殺せ、殺すんですよ！」

倅の体の上に覆いかぶさったままのおくまが叫んだ。

捨吉が動いたのはそのときだ。

黒羽織を頭からかぶったまま篝火の脚に突進すると押し倒した。

がちゃん！

と音を立てて倒れた篝火の薪が百鬼の吉蔵の背や足に当たり、

「あっちっち」

と前方へ飛んだ吉蔵が、思わず太郎吉の首筋の小鎌の刃を外した。

その瞬間を狙っていたかのように、

「御用だ、神妙にしねえ！」

と三笠町の長五郎親分と手先たちが、十手や刺股を構えて遠州屋の残党に襲い掛かった。

「あっ」

と声を上げた百鬼の吉蔵が素早く形勢を読んで、

「ちぇっ！」

と舌打ちして梅屋敷の門前に逃げ込んだ。

捨吉は呆然として立ち竦む太郎吉に飛び付くと、

「太郎吉さん、こっちだよ」

と後ろ手に縛られた不自由な太郎吉の帯を摑んで騒ぎの場から避難させた。

梅屋敷の臥竜梅のところまで逃げ果せた百鬼の吉蔵は、小鎌の柄を二つに折って懐に収めようと立ち止まった。

「一人だけ助かる算段か」

声がして、臥竜梅《おお》の背後から小籐次が姿を見せた。その肩には、武田津官兵衛が使うことのなかった大刀が柄頭を上にして鞘のまま担がれていた。

「酔いどれ小籐次、しつこいぜ」

そう言いながら吉蔵は懐に収めようとした小鎌を構えた。右手に小鎌の柄を左手に鉄玉を摑んで鉄鎖を顔の前に伸ばしていた。

小籐次は担いでいた大刀の鐺《こじり》を摑んで顔前に立てた。虚空に、刀の握り手の柄頭が突き出ている恰好だ。それはなんとも奇妙な構えだった。

間合いは一間半を切っていた。互いが踏み込めば生死の境を越えた。

二人は門前からかすかに流れてくる灯りの下、睨み合った。

小籐次は血走った吉蔵の眼が、
すうっ

と醒めるのを見た。

肉を切らして骨を断つ、一撃必殺の構えだ。

次の瞬間、疾風のように吉蔵が突っ込んできた。大胆にして果敢な踏み込みだ。

身を捨てた者だけが醸し出す殺気と一緒に吉蔵の顔が大きくなった。

吉蔵の手から鉄玉が飛び、小籐次の顔を襲おうとした。

小籐次は立てた武田津の大刀を鉄玉に絡めるように寝かせた。鍔に小鎌の鉄玉が絡んで刀身だけが引き抜かれた。

吉蔵は小鎌を引き寄せると、鉄玉に絡んだ武田津の刀身を振り落とそうとした。

わずかな動作が勝敗を分けることになった。

小籐次は左手に残った鞘を立てたまま踏み込むと、右手一本で次直を引き抜いていた。

その瞬間、吉蔵は鉄玉が搦《から》め捕った武田津の刀を虚空に跳ね飛ばし、突っ込んでくる小籐次に小鎌の刃を叩き付けていた。

だが、片手一本の次直が谷川を滑り落ちる流水のように舞って、踏み込んできた百鬼の吉蔵の胴を深々と捉えていた。

「うっ」

と声を洩らした吉蔵の動きが止まった。

そのまま小籐次の次直が車輪に引き回されて、小鎌を構えたままの吉蔵の体を横手に飛ばした。

「来島水軍流片手一本流れ胴斬り」

という声が小籐次の口から洩れて、
どさり
と吉蔵の体が臥竜梅の根元に叩き付けられた音と重なった。

小籐次が梅屋敷の門前に戻ると、ちょうど近藤精兵衛一行が到着したところで、その中には難波橋の秀次親分の姿もあった。

すでに遠州屋増蔵一家やお花大尽の小左衛門、おくまに由太郎らは、長五郎らに捕縛されたり、保護されたりしていた。

「太郎吉どの、怪我はないか」

後ろ手の縄を切り解かれた太郎吉を認めて小籐次が声をかけた。

「赤目様、心配かけてすまねえ。捨吉に助けられたよ」

とすまなそうな顔で応じた。

「三笠町の親分にさ、船の中で待ってろと言われたんだけどさ、ふらふらと出てきたんだよ」

と捨吉が言うところに、長五郎と秀次の両親分が姿を見せた。

「羽織のお化けに助けられたぜ。これで太郎吉が吉蔵に喉を掻き斬られていたら、えらいことでしたよ」

と長五郎親分が羽織を見せて、

「こいつが船で寝込んだんで羽織をかけて捕り物に出てきたんですよ。そしたら、羽織を被って姿を見せやがった。そんときは、わっしらもびっくり仰天、肝を冷やしましたぜ。ともかく、百鬼の吉蔵の背に回り込んで篝火を倒したんで、太郎吉を無事助けられたというわけでさ」

と説明した。

「捨吉、そいつは機転を利かせたな」

篝火を倒した知恵と勇気を小籐次が褒めた。

「逃げたのは百鬼だけのようだ」

と長五郎が言った。

「親分、臥竜梅の根元に百鬼の吉蔵は転がっておる。手捕りにするにはあやつは危険でな、斬り伏せた」

「あやつを始末なされましたか。どうせお白洲《しらす》に出れば獄門は間違いねえ野郎だ。あいつにとって、酔いどれ小籐次様との尋常の勝負で敗れたのは功徳かもしれませんぜ」

と応じた長五郎が、手先に命じて吉蔵の骸《むくろ》を引き取りに行かせた。

近藤精兵衛が小籐次らのところにやって来た。

「赤目どの、遅くなって相すまぬことでした。話に聞くに、赤目どのお一人で本所の大掃除をなされたようだ」

「お上のなすべきことに首を突っ込み、申し訳ござらぬ。なにせこちらは太郎吉どのが人質になっておったでな」

「倅の由太郎を赤目どのにかどわかされたとお花大尽の小左衛門が憤慨しておるが、お白洲に出てその言い分が通るかどうか。由太郎の嫁欲しさに太郎吉なる若者をかどわかすよう、遠州屋増蔵を唆《そそのか》した罪軽からず、厳しいお咎《とが》めが申し付けられるぞと脅しておきました」

と近藤が苦笑いした。

「近藤どの、長五郎親分に秀次親分、太郎吉と捨吉を連れて深川に戻ってよいかな」

「この場におられぬほうが宜しいかもしれませんな。後々お呼び出しがあるやもしれませんが、その折はお願い申します」

「承知しました」

と近藤の申し出を承諾した小籐次は、

「太郎吉どの、捨吉、大変な一夜であったな。わしの小舟で蛤町裏河岸に戻ろうか」

と優しく言いかけた。

「赤目様よ、小舟はどこにあるんだ」

「十間川又兵衛橋下に繋いできた」

並んで歩く三人の背に朝の光がうっすらと射し、堀の面から朝靄が立ち昇っているのが美しく見えた。

第五章　陰間役者

一

太郎吉を小舟に乗せた小籐次は、大川河口を佃島の渡し場に向って櫓を漕いでいた。

太郎吉はぐっすりと眠りこけていた。無理もない。人質になって一晩、後ろ手に縛られ、不安と恐怖の中で一睡もしていないのだ。

小籐次は最近とみに職人らしい体付きになってきた太郎吉の揺れる背を見ながら、

（まずは大事に至らずよかった）

と考えていた。

夜明け、小籐次ら三人が小舟を蛤町裏河岸の船着場に着けると、朝靄の中、竹藪蕎麦の路地に向う河岸道に若い女が一人立っていた。すると、小舟の舳先にいた捨吉が、

「姉ちゃん、戻ったぞ。太郎吉さんも無事だよ！」

と女の影に向って叫んだ。捨吉の姉のおさとが片手を振りかけ、

くるり

と身を翻すと路地奥に走り込んで消えた。

「なんだい。姉ちゃん、素っ気ねえな」

と捨吉が言い、

「竹藪蕎麦でも徹夜をしたか」

と小籐次が呟き、

「心配かけちゃったな」

と済まなそうな声で太郎吉が応じた。

どどっ

と路地から河岸道に人影が現れた。

太郎吉の父親の万作親方とおそのの夫婦、美造親方とおはるに縞太郎とおきょうの夫婦、さらにはおさとの亭主の勘太郎らが姿を見せた。

「すまねえ、お父つぁん、おっ母さん。赤目様に助けてもらったよ！」

太郎吉の声が高らかに響き渡り、河岸道で立ち止まった男女が、

「よかった、よかった」

「夜明かしした甲斐があったよ、万作親方」

などと互いの体を抱き合い、小躍りした。

太郎吉が小舟の舫い綱を船着場の杭に結んだ。おそのが石段を小走りに下りてきて、太郎吉の無精髭の生えた顔を確かめ、

「おまえさん、太郎吉は怪我一つしてませんよ！」

と河岸道に向って叫んだ。

「おっ母あ、酔いどれ小籐次様が出張られたんだ。太郎吉は無事に帰ってくるに決まってると言ったろうが」

と万作親方がぶっきらぼうに応じて、

「赤目様、このとおりだ。有難うよ」

と河岸道から両手を合わせた。

「親方、赤目小籐次は未だ仏になってはおらぬ。手なんぞ合わせてくれるな。それに礼を申すならば、わしではないぞ。羽織のお化けに言うてくれ」

小籐次が櫓を舟中に引き上げながら答えていた。

「羽織のお化けたあ、だれのことだ」

「捨吉の機転で、太郎吉さんを無事救い出せたのじゃ」

「赤目様、捨吉がそんな手柄を立てましたか」

万作親方の傍らからおさとが叫んだ。

「ああ、一晩おさとさんにも心配かけたが、捨吉がいたればこそ、こうして無事に太郎吉さんを連れ戻せた」

小籐次の言葉に一同がぞろぞろと船着場に下りてきて、美造親方が、

「赤目様、羽織のお化けだの、捨吉が機転を利かせただの、さっぱり分らねえや。事情を聞かせてくれ」

と迫った。

「よし、おれが話してやらあ」

と捨吉が張り切ると、おさとが、

「捨吉、赤目様を差し置いてなんですね」

と弟を窘めた。

「いや、今日ばかりは捨吉が看板役者じゃ。おさとさん、天晴れぶりを存分に聞いてやってくれ」

小籐次が許しを与えると、捨吉がますます張り切って、船着場の床板に正座した。

「ご一統さん、酔いどれ小籐次様のお許しを得て、深川八幡橋際曲物職人太郎吉救出の一場を、同じく深川蛤町の住人捨吉が読み切りとさせて頂きます」

「これは本式じゃな」

小籐次が感心するほど捨吉は講談師ばりの口調だった。

「まずは太郎吉さんが遠州屋の人質になったと知った酔いどれ小籐次こと赤目小籐次様が考え抜かれた策は、太郎吉さんと引き換える人質を捕まえることにございました」

「ほう、そいつはいい手だ」

「美造親方、まぜっかえさないでくれよ。これからいいところなんだから」

「悪かった。それで太郎吉さんと交換する人質ってだれだ」

「それはだれあろう、お花大尽の倅、馬面の由太郎にございました」

ぽんぽん

と口で合の手まで入れた捨吉は、夜半の梅屋敷前の大騒動までを一気に語り終えたのだ。

「ほうほう、なになに、南町奉行所も出張られたのか」

美造親方が問い返した。

「親方、出張ってきたのは騒ぎが済んだ後なんだよ。そんときにゃあ、赤目様は遠州屋の子分どもを叩き伏せ、用心棒侍を叩っ斬ってさ、百鬼の吉蔵を一人で始末していたんだからね」

「やっぱり赤目様が太郎吉さんを助けたんだ」

「姉ちゃん、それには違いねえさ。だけど、おれも手助けしたのは確かなんだよ」

「捨吉、ちょっとお待ち。赤目様は騒ぎの場までおまえを連れていきなさったの」

「いや、それが」

おさとの逆襲に捨吉が頭を掻いた。

「赤目様はおれに、三笠町の長五郎親分の家に駆け込んで事情を話したら、親分の家で待てって命じられたんだ」

「ほれ、ご覧。おまえのような子どもを連れて大騒ぎの場に乗り込む赤目様じゃないもの。おまえが口先で三笠町の親分まで騙して付いていったのは、姉ちゃん、お見通しだよ」

おさとが捨吉の無謀を叱った。

「おさとさん、今日だけは捨吉を許してやっておくれな。何しろ百鬼の吉蔵に小鎌の刃を突きつけられて震えていたおれを助けてくれたのは、間違いなく捨吉なんだからね」

と太郎吉に言われたおさとが、

「太郎吉さんを助けたのは大手柄です。でも、釘を刺しておかないと、直ぐ調子に乗りますから」

と長姉の貫禄でおさとが答えたものだ。

「おさと、皆さんも捨吉の手柄を認めてるんだ。今日くらいほめてやってもよかろうぜ」

おさとの亭主の勘太郎がその話を締め括《くく》った。

「皆の衆、ともあれ太郎吉どのは無事であったのだ。万作親方とおかみさんの許へ連れ帰ることができて、ほっと安堵致したわ」

と小籐次も言葉を添えた。

「赤目様、どうだえ、うちに行って祝杯を上げないか」

と美造親方が申し出た。

「いや、わしはこれで失礼しよう。というのも皆さんも夜明かしの様子、それがしも芝口新町の長屋を無断で一晩空けて、うづさんに駿太郎の面倒をかけておる。朝帰りじゃが、この足で戻ろうと思う」

小籐次の言葉に、

「赤目様、分った。この礼は日を改めてさせて下せえ。考えてみればこの騒ぎ、うづさんの話から始まったことだ。うづさんも心配しておろうからな」

と万作が賛同した。すると太郎吉が、

「お父つぁん、おれも赤目様と一緒に大川を渡っていいか」

と恥ずかしそうに言い出した。

「太郎吉、一刻も早くうづさんの顔を見たいってか」

と縞太郎がからかい、

「親方、許してやんなよ。一晩うづさんの身代わりに人質になったようなものだもんな」

と口添えしたおかげで、太郎吉は小籐次と共に大川を渡ることになったのだ。

鉄砲洲河岸から佃島への渡し船が朝陽を受けて横断するのを見ながら、小籐次は明石町河岸へと小舟を進めた。

江戸の内海は波が穏やかだった。が、その代わり今日も暑くなりそうな気配を見せていた。

築地川に入るとき、小舟が揺れて、

「おっ」

と言いながら太郎吉が目を覚ました。

「赤目様、すまねえ。おれ一人眠り込んでよ」

「慣れぬ目に遭うたのじゃ。肝も冷やし、心身ともにくたくたに疲れたであろう。致し方ないわ」

と答えながら、小籐次は体じゅうがべたべたしていることを不快に思っていた。

この数日、水を被ったり、うづが沸かしてくれた湯で行水をしたりしてなんとかごまかしてきたのだ。

単衣の襟元に鼻をくっ付け、くんくんと嗅いでみて、

「だいぶ臭うな」

と呟いた。

「おれの体も臭うかねえ」

と太郎吉もそのことを気にした。

「うづさんに嫌われると思うたか」

「まあな」

太郎吉も不安げだ。

築地川から堀に小舟を進め、芝口新町の堀留に小舟を入れて小籐次もほっとした。

「太郎吉どの、うづさんに無事な顔を見せたら朝湯に参らぬか」

「そいつはいいや。だけど、赤目様に今日一日仕事を休ませることになりそうだ」

「まあ、酔いどれ小籐次、町家の衆のお情けに縋《すが》って身過ぎ世過ぎをしているのじゃ。お得意様の危難には骨を折らんとな。それに、太郎吉どのはうづさんの身代わりになったのだ、そなたも被害を受けた身だ」

「うづさんの身代わりだものな」

「いかにもさよう。ともかく、事の真相を知ったらうづさんが喜ぼう」

「喜ぶかな」

「身を挺してうづさんを守ったのだからな」

「赤目様、だれにも言わなかったが、百鬼の吉蔵にうづさんの行き先はどこだってさんざん責められたんだ。おれ、怖かったけど、うづさんのことは殺されても喋るまいと覚悟したんだ」

「その気持ち、必ずやうづさんに伝わろう」

と小籐次が答えたとき、

「おおっ、うづさん、酔いどれの旦那が帰ってきたよ」

と新兵衛長屋の裏庭から声が上がった。

版木職人の勝五郎がふさ楊枝《ようじ》を使いながらこちらを見ていた。

ふさ楊枝とは総楊枝と書く。柳の枝先を削り、先を叩いて潰したもので、歯の清掃に用いた。

駿太郎をおぶったうづが、堀留の石垣の上に小走りに姿を見せた。

「うづさん、心配をかけてすまぬ」

「あら、太郎吉さんも一緒だわ」

「うづさん、あとでゆっくりと事情は話すが、まずはそなたを巡る嫁入り話、決着致したぞ」

「えっ、ほんとですか」

うづの顔に喜色が浮かんだ。

「南町も入られたで、もはや案ずるには及ばぬ。ただし、そなたが下平井村の親御の許に戻れるには、あと一日二日かかろう。お調べを待ったうえで難波橋の親分が知らせに参る」

「有難うございます」

今度は嬉しさのあまり泣き崩れそうになるうづに、

「うづさん、太郎吉どのが持った舫い綱受け取ってくれぬか。それぐらいの義理はあるでな」

「義理とはなんでございますか」

「そなたの身代わりに太郎吉どのが遠州屋一家の手に落ちて、一晩怖い目に遭うたのじゃ。それでも太郎吉どのは、そなたがどこにおるかだけは殺されても喋るまいと肚《はら》を決めたそうな」

「太郎吉さんが私の身代わりに」

と絶句したうづが黙って太郎吉に手を差し出し、舫い綱を受け取った。

「どうやら酔いどれの旦那が獅子奮迅の活躍をしたようだな。おれにも話を聞かせてくんな」

と勝五郎が言った。

「読売屋の空蔵どのに話して、商いのネタにする考えか」

「そういうこった。いけねえか」

「南町のお調べが始まったばかり、その辺に気配りするなら差し支えあるまいて」

「あれで、ほら蔵さんはお上との駆け引きは心得てるからね」

勝五郎が仕事をもらう先の読売屋の空蔵だが、世間では、

「ほら蔵」

で通っていた。

小籐次は寺島村のお花大尽小左衛門の息の根を止めるためにも、読売で広めるのは悪くない策と考えた。

「うづさん、駿太郎はどうだ」

「まるで私をおっ母さんのように慕っておられます」

「嫁入り前の娘に気の毒したな」

「酔いどれの旦那よ、駿太郎ちゃんを育てるには女手がいるぞ。うづさんと駿太郎様のことを見ててよ、つくづく思ったね」

「女手とは嫁のことか。そうならば無理な話よ。だれがもくず蟹の年寄り侍のところに嫁に来るものか」

「来ねえだろうな」

「であろう」

と答えた小籐次は、小舟から道具を石垣の上に上げた。ふと見ると庭の隅で、すでに小舟から上がった太郎吉が泣き崩れるうづの肩をおずおずと抱いて、何事か慰めていた。

（まあ、これで一件落着じゃな）

と小籐次は安堵するとともに、なんとなくわが娘が手中から旅立っていくようで寂寥《せきりょう》の想いに襲われた。とはいえ、うづは小籐次の娘ではないのだ。

「うづさん、すまぬが太郎吉どのと湯屋に行きたいが、よいか」

「朝湯ですか」

振り向いたうづが朝陽に涙を光らせて問い返した。

「駿太郎も連れて参ろうか」

「なら赤目様、太郎吉さん、その間に朝餉の仕度をしておきます」

と急にうづが、朝帰りの男二人の湯屋の仕度を整えるために長屋に走り戻った。

「勝五郎さんもどうじゃ。湯屋に参らぬか」

「ここんとこ、夏枯れかねえ、仕事がこない。ほら蔵さんのとこに駆け付けるのが先だ」

「昨晩は夜明かしゆえ、湯屋から戻ったら昼寝を致すぞ。空蔵さんを連れて参るなれば夕刻に致せ」

「そんな悠長なことじゃ仕事を逃がすぜ」

と勝五郎は言い残すと、早速出かける様子を示した。

「さあ、お二人さんと駿太郎さんの仕度ができたわ」

うづが小籐次と太郎吉と駿太郎の着替えや湯銭を用意して、馴染みの加賀湯に送り出してくれた。

四半刻後、馴染みの加賀湯の湯船に三人がゆったり浸かっていると、石榴口《ざくろぐち》から賑やかな声がして、

「ほら蔵さんが酔いどれ様のネタは読売が売れるってんで、湯屋まで押し掛けてきたんだよ」

と、勝五郎と痩せっぽちの空蔵が入ってきた。

「赤目様、この度はまたまた読売の材料をご提供頂けるということで、有難うございます」

と揉《も》み手でぺこりと頭を下げた。

「空蔵どの、揉み手はよいが、そなたのしなびたお道具は見たくないのう」

「おや、これは失礼を致しました」

かかり湯を使った空蔵と勝五郎が、三人で独占している湯船に入ってきて、湯が溢れた。

「仕事熱心じゃな」

「夏枯れにございますよ、面白い話がなにもございません。今や赤目様が頼りにございます」

「経緯は話す。じゃが、未だ南町のお調べが付かぬ話ゆえ、その辺は心得てもらいたい」

と空蔵に念を押した。

「それはもう、赤目様にご迷惑をかけることはございませんでな」

と空蔵が請け合い、湯船の中で、野菜売りの娘がお花大尽の馬面の倅に懸想された話から、太郎吉の誘拐と梅屋敷門前の大騒動まで話す羽目になった。

話を聞いた空蔵は、

「こちらが、かどわかされた太郎吉さんでございますな。ちょいと一言願います」

と太郎吉にまで話をさせると、湯の中でしばし腕組みし沈思した。

「赤目様、こいつはお花大尽や赤目様の実名は避けて、お伽噺《とぎばなし》仕立てで、かつ、だれが読んでもお花大尽や赤目様と分る実話も加えて筆を揮いますでな、ご安心を。まあ、赤目様にしてはたいしたネタではございませんが、そこそこには売れましょう。先日、ほれ、鼈甲細工の松田屋の騒ぎに続いて酔いどれネタだ。他の読売屋を驚かしますよ」

工夫が付いた空蔵が胸を叩いた。

二

うづが去った新兵衛長屋で、小籐次は空《うつ》ろな気持ちを抱いて駿太郎と過ごしていた。

不意に女人の面影が脳裏を過ぎった。

北村おりょう様の顔だ。

（おりょう様はどうしておられようか。近々駿太郎を連れて無沙汰を詫びに参ろうか）

そんなことを寝床の中で考えていると、傍らの駿太郎が目を覚ましたか、

「じいじい」

と言いながら、もぞもぞと動いた。

「小便《しいしい》がしたいか」

駿太郎は日中、しいしい、と小便を教えることがあった。

「よし、起きようかのう」

と言いつつ小籐次は寝床に起き上がり、傍らの駿太郎を抱えた。すると木戸口

から、

「鯉のぼりは高いな、お空の上で滝のぼり」

と間の抜けた歌声ともなんともつかぬ声が響いた。

差配の新兵衛は近頃とみに惚けが進行して、突拍子もない刻限に起きると芝界隈を徘徊《はいかい》し、娘婿の桂三郎、お麻とお夕一家を困らせた。

小籐次が駿太郎を抱いて狭い土間に下り、むつきを取ると、じっとりと濡れていた。だが、最後にしたのはだいぶ前のようだと見当を付けた。濡れたむつきを外した。小さなちんちんが元気よく立って今にも小便をしそうな勢いだ。

「しばらく辛抱せえよ」

小籐次は駿太郎を抱えると戸を開き、裏庭に走ると堀留の石垣から堀面へ駿太郎を突き出して、

「しいしい」

と声をかけると、駿太郎のちんぽこの先から勢いよく小便が弧を描き、澱んだ水面へと落ちていった。

厠の戸が開いた様子があって勝五郎が、

「ふあっ」

と言いながら小籐次の脇にやってきた。

「また男二人の暮らしに戻ったな」

勝五郎の声には安心したような、それでいて一抹の寂しさが漂っていた。

「これがわが家の暮らしよ」

「まあ、そういうこった」

勝五郎が答えるところに、木戸口の外から、

「朝っぱらから煩《うるさ》いよ」

と女の怒鳴り声がした。

小籐次が振り向くと、

「勧薬堂の妾んちの飯炊きだ。愛らしい顔をした妾の意を汲んでか、新兵衛さんがなにか声を張り上げると直ぐに、あんな怒鳴り声を上げるんだ。この地に長年住んできたのは新兵衛さんだ。新参者のくせしてでけえ面だよ」

勝五郎はいつの間に綾香熱が醒めたか、突き放したような言い方をした。

お麻の声がして、

「ささっ、お父つぁん、まだ起きるには刻限が早いわ。家に戻りましょう」

と連れ帰る気配がした。

小籐次は抱えた駿太郎の腰を上下に振って、ちんぽこの先の雫《しずく》を切った。

「酔いどれの旦那がうづさんの一件で深川本所界隈を走り回っている間にさ、ひと騒ぎあったんだよ」

「わしも小便がしたい。駿太郎を頼もう」

「あいよ」

と勝五郎が駿太郎を受け取り、

「一段と重くなったな。赤ん坊はまるで筍のように一夜でずんと大きくなるぜ」

と感嘆した。

小籐次は厠に入った。すると、勝五郎も駿太郎を抱いて付いてきて、厠の扉の前で最前の話の続きを再開した。

「あの声でなんとかを食らうか不如帰《ほととぎす》、そんな句があったたな」

「生憎《あいにく》、それがし野暮天で知らぬな」

「ともかくだ、綾香っとこにいた二歳の子どもは弟なんかじゃねえ。幸若の屋敷出入りの舞手といい仲になって密かに生み、弟と偽って育てることにしたんだと。そいつがさ、勧薬堂の隠居の杉左衛門に露見したと思いねえ。一晩派手な罵《のの》し合いが繰り返されたんだ」

「勧薬堂にはいい薬であったろう。別れることになったか」

「そう簡単にいかないとこが男女の仲だ。明け方、どう仲直りしたか、今度は派手な鶯《うぐいす》の鳴き声がこの界隈に響き渡って、また旧《もと》の鞘だ」

「なんだ、つまらぬな」

「酔いどれの旦那もそう思うか」

「まあ、火事と喧嘩はとかく派手なほうが他人には面白かろう。そうそう簡単に旧の鞘に収まったのではつまらぬではないか」

「いかにもさように候だ。ところが、だれがご注進したか、天徳寺裏手新下谷町の本宅が、隠居が妾を囲ってることを知ったらしいや」

「ほう、本妻に飛び火したか」

「それが違うんだ。激怒してるのは出戻りの娘のほうだ。お梅って娘も二つになる子連れで実家に戻ったらしく、お父つぁんが妾を持つのはいい、だけど、子がいる妾は困るとかなんとか言い出したらしいや。跡継ぎにでもされたらかなわんと思ったのかねえ」

勝五郎は版木職人だけに政《まつりごと》から痴話喧嘩までよく承知していた。それにしてもこの話、町内というより隣家の話だ。

「それは、最初に綾香の弟が実の子だと探り出してきたのは娘のお梅じゃな」

「旦那もやっぱりそう思うか」

小籐次は腰を振って小便を切り、厠を出た。

「隠居は今もお隣さんに通っておいでか」

「そういえばひと騒ぎあった後、顔を見せてねえな。勧薬堂の内蔵なんぞに押し込められているかねえ」

「大店の隠居が、妾を囲ったくらいで娘に軟禁されるものか」

「今日あたり来るかね」

「来るだろうな」

「となると、娘が乗り込んできてひと騒ぎあるな」

「あるやもしれぬな」

勝五郎と小籐次は際限のない話を繰り返していた。

「勝五郎どの、銭にならぬ話より、お花大尽の一件、どうなったな」

「おお、それだ。徹夜して今朝版木をこさえたよ。これから届けるとこだ」

「ということは、かたちになったか」

「ほら蔵って名は付いてるが、空蔵さんはさすがに当代一の腕利きの読売屋だ。

ちゃんと南町奉行所に筋を通したらしく、お伽噺仕立てだが、旦那の活躍の場はもちろん、お調べの様子までかなり詳しく再現してるぜ。こりゃ、売れるな」

「うづさんや太郎吉さんには迷惑がかかるまいな」

「名は伏せてあらあ。ただし、御鑓拝借の酔いどれ小籐次様は、御首拝借の酔いどれ参三と名が変わっていたが、どうやら町奉行所の入れ知恵でそうなったらしいや。だってよ、赤目の旦那は少なくとも武田津なんとかという用心棒侍と百鬼の吉蔵を始末してるんだろ、公になれば、旦那もお白洲でお調べがあるはずだ。その辺を曖昧にして、南町奉行所の手柄にしたようだ」

「近藤精兵衛どのに気を遣わせたな」

「南町も手柄になる話だ」

「それはそうじゃが」

「なんでも、遠州屋増蔵とお花大尽にはきついお灸《きゆう》が据えられるらしいや」

「当然じゃな」

「まあ、南町としては赤目小籐次を今後も精々下働きさせるつもりで、恩を売ったというとこだな」

と言った勝五郎が、

「おりゃ、これから版木屋に届けてくる。お鳥目《ちようもく》次第で今晩飲むかえ」

「このところ身を入れて働いておらぬでな、これから浅草駒形堂界隈に仕事に出る。早く戻れるようならば暑気払いにそれもよいな」

と応じた小籐次は駿太郎を抱えて部屋に戻った。

四半刻後、小舟に仕事道具を積んで駿太郎を藁籠に座らせた小籐次は、堀留の石垣を離れた。

今日も江戸の空には一片の雲も浮かんでいない。

ゆらりゆらりと櫓を漕ぎながら、大川を浅草駒形堂の河岸まで小舟を進めて杭に舫った。

岸辺には年寄りの釣り人が長閑にも太公望を決め込んでいた。

「釣りの最中すまぬが、赤子がおるのだ。河岸まで上げるのを手伝ってもらえぬか」

「あいよ」

と昔職人でもしていたか、半纏《はんてん》をいなせに着こなした釣り人が、小籐次が抱き上げた駿太郎を受け取ってくれた。

「お侍は、備前屋の前で研ぎ仕事をしているお人だな」

「酔いどれ小籐次っていうんだってな。備前屋の隠居がいつぞや自分のことのように威張ってたぜ」

「これから備前屋に参るところじゃ」

「なら昔世話になった茶助がよろしく言ってたと伝えてくんな」

「たしかに言伝《ことづて》致そう」

小籐次は道具を河岸に上げると、茶助に手伝ってもらって駿太郎を背におぶい、商売道具一式を入れた洗い桶を両手に抱えて、

「そなた、孫の土産にせぬか」

と手作りの風車にふうっと息を吹きかけ、くるくると回るところで差し出した。

「これは背の赤子の玩具ではないのか」

「得意先に配る引き物でな、わしが拵えたものじゃ。遠慮はいらぬ、作ろうと思えばいくつでもできる」

「上手にできてやがるぜ」

と茶助は自らも息を吹きかけて、くるくると風車を回した。

「ありがとうよ、得をしたぜ」

「しっかりと釣ってくれ」

「針の先には餌《えさ》もつけてねえ。川の水で遊んでいるだけだ。獲物が釣れるものか」

茶助と別れた小籐次は久方ぶりに備前屋の門口に立った。

「おや、赤目様、覚えていたんだね、うちのことを」

梅五郎がにっこり笑った。

「ご隠居、ご一統様、長らくの無沙汰で相すまぬが、いつものように軒先を貸してもろうてよいか」

「おまえ様の手入れが要る道具がだいぶ溜まってるよ」

「重々すまぬことでござる」

梅五郎が研ぎ場を設けてくれた。

「一太郎さんは元気かな」

大勢の職人に交じって率先して働く神太郎親方に訊くと、

「駿太郎様も大きくなったようだが、うちのもでかくなりましたぜ」

と応じ、

「おっ母あ、赤目様のご入来だ。駿太郎様を受け取りに来な」

と奥に向って大声を張り上げた。すると、神太郎の嫁のおふさが、

「久しぶりね、駿太郎ちゃん」

と言いながら姿を見せた。

「おかみさんに世話をかけてよいかのう」

「駿太郎ちゃんの世話をする代わりに、うちの年寄りの面倒をお願いしますよ」

自ら大針を持って働く職人仕事から引退した梅五郎は口だけは達者で、若い弟子たちにあれこれと註文をつけては煙たがられていた。

一方、梅五郎は、小籐次が備前屋で研ぎ場を設けたときにはその傍らに陣取り、四方山《よもやま》話をして過ごすのを楽しみにしていた。

おふさがいう面倒とはこのことだ。

小籐次は備前屋の裏庭の井戸端に行き、洗い桶に水を張って店先に戻った。すると、梅五郎がすでに空樽を裏返しにして座布団を載せたうえにどっかと腰を下ろし、その傍らには煙草盆一式が置いてあって準備万端整っていた。

「酔いどれ様よ、まあ、うちの道具だけでも今日中には研ぎ終わるめえよ。うちに二、三日通ってくると覚悟しなせえ」

「無沙汰をしたでな、致し方あるまい」

小籐次は畳表の縁を切る包丁から研ぎ始めた。

「ここんとこ顔出しできなかったわけがあるんじゃないのかい」

「深川のほうで、ちょっとした騒ぎに巻き込まれた」

小籐次は寺島村のお花大尽の倅、馬面の由太郎が野菜売りの娘のうづを三番目の嫁にと、阿漕な手まで使って成就しようとした騒ぎの経緯をゆっくりと語り聞かせた。

「寺島村のお花大尽の噂はうちでも耳にしていたが、評判のよいものは一つとしてないや。仏花栽培で大身代を作ったというが、罰当たりも甚《はなは》だしいや。今度ばかりはお上からきついお灸を据えられそうじゃな」

「まず間違いあるまい」

小籐次は職人衆が仕事に使う刃物には細心の注意を払って、粗砥、中砥、仕上げ砥を順に遣って研ぎ上げる。最初、ざっとした粗砥をかけて刃毀れなどを埋め、中砥に移った。

「うづという娘さんに、太郎吉という曲物師の職人が惚れておるのか」

「どうやら、そのようじゃ」

「もし二人が夫婦になるという話になれば、赤目小籐次様が仲人を務めることになりそうじゃな」

「独り者のそれがしに務まるものか」

と答えながら、

(そうだ。縞太郎とおきょうの祝言でも仲人を務めよと願われていたな)

とそのことを思い出していた。

(美造親方はいつが祝言と言うておったか)

そんなことを思案していると、通りに大八車ががらがらと戻ってきた。

備前屋の職人が、でき上がった畳を納めに行ったのだろう。

「おお、松次郎、ご苦労だったな」

三人の職人の額には汗が光っていた。

「ご隠居、世の中、なにが流行るか分りませんね」

と兄い株の松次郎が仲間二人に大八車の始末を任せて、小籐次と梅五郎の前に
残り、言い出した。

「浅草寺でなんぞ流行っているってか」

「奥山でさ、一軒の見世物小屋の前に長蛇の列だ。まだ昼前という刻限にだぜ」

「てめえ、そんなとこで油を売っていたのか」

「ご隠居、ご隠居の退屈の虫を鎮めようと、ちょっとの間、足を止めて聞いていたんだよ」

「おれのせいで足を止めたってか」

「まあ、そういうことだけど、ご隠居がそんな話は聞く耳もたぬというのなら、やめとこ」

「そこまで話してやめるやつがあるか、話せ」

梅五郎に催促された松次郎が腰の煙草入れを抜くと、

「まあ、一服させてくんな」

と煙管に刻みを詰めた。

「勿体ぶるねえ」

「あのさ、絶世の美人が男だったら、隠居驚くか」

「陰間《かげま》芝居が流行っているのか」

「そうなんだ。なんでも大坂から下ってきた西極雛之丞って役者が奥山で大人気で、連日札止めの盛況とか」

「陰間芝居な」

「陰間は駄目か、隠居」

「そりゃ、陰間より女がよかろうぜ」

「隠居の年で女も陰間もないと思うがな」

と応じた松次郎はさほど乗ってこない梅五郎に、

「話を聞いただけだが、その陰間がまたすこぶる美形なんだと。舞台の上でよ、緋縮緬《ひぢりめん》の長襦袢《ながじゆばん》を一枚着て、今評判の一つ百両吉原明かりに浮かぶ姿は、だれもがごくりと唾を呑むというぜ」

小籐次は研ぎの手を休めて、

「一つ百両吉原明かりが陰間の小道具か」

「いやさ、今評判のほんものの明かりは吉原のなんとか太夫の持ち物だ。この陰間が遣うのはそれの偽物だよ」

「驚いたな。一つ百両吉原明かりに偽が出たか」

「赤目様、なんぞおかしいかい」

と松次郎が問い返した。

「一つ百両吉原明かりは、わしが作って清琴太夫に贈ったものだ」

「なんだって。あの吉原明かりは赤目様の細工ものか」

「いやはや、驚いた。まさか水戸家でも、陰間芝居の舞台で偽の行灯が使われるとは考えもしなかったろう」

小籐次は梅五郎と松次郎に、一つ百両吉原明かりの誕生した経緯をざっと話した。

「こりゃ、驚いた」

と応じた梅五郎が、

「赤目様、その吉原明かりだがね、大売れに売れるぜ。なんでもさ、偽物まで現れるときほど、大化けするもんだ」

と言い切った。

三

この日、小籐次は一日を備前屋で過ごした。だが、近所の長屋からおかみさん連が錆《さび》くれた菜切り包丁や出刃包丁を持ち込んだりしたので、梅五郎のご託宣どおりに備前屋の道具を研ぎ残した。そこで商売道具は残して、また明日戻ってくることにした。

小籐次が新兵衛長屋に小舟を着けようとしたとき、暮れ六つ（午後六時）の時鐘が鳴った。

夏の宵だ。空は明るさを残していた。

小籐次が石垣に小舟を寄せると、勝五郎が姿を見せた。

「勝五郎どの、そなたの言葉を思い出したで、かくも早う戻って参ったぞ」

「飲む話かい。あれはなしだ」

「お代をもらえなかったか」

「いや、番頭の伊豆助さんがさ、珍しく馬鹿丁寧におれを迎えてよ、さすがは勝五郎さんだ、仕事が早いなんてお世辞を言いやがってさ。いつもの日当に色を付けてくれたぜ」

「ならばわしも酒代を出すで、一献傾けようではないか」

「おれの都合じゃないよ。ついさっき、久慈屋の小僧さんが来て、赤目の旦那が戻ったらちょいと顔出しをと言付けを置いてったんだよ」

「なんだ、そのようなことか」

「久慈屋に呼ばれたら、直ぐには戻ってこられめえ。酒はまたの日だな」

「致し方ないな。この足で行って参る」

と手にした舫い綱を舟に戻した。

「旦那よ、駿太郎ちゃんを置いていきなよ。この暑さだ、汗疹《あせも》ができるぜ。うちで行水させて、なんぞ食べさせておくよ」

「世話をかけてよいか」

「長屋暮らしは相身互いだ」

と言う勝五郎に藁籠ごと渡した。

小籐次が久慈屋の船着場に小舟を舫うと、国三が河岸道に箒を持って立っていて、

「難波橋の親分が待っておられますよ」

と声を掛けた。

どうやら用事は久慈屋ではなく、先日の梅屋敷の一件のようだった。

小舟を舫い、店仕舞いする久慈屋の店先に立つと、難波橋の秀次親分が客のいなくなった板の間で大番頭の観右衛門と話をしていた。

「親分、お待たせしてすまぬ」

「いえ、急ぐ用事じゃございませんや。お花大尽の一件でね」

「わしゃ太郎吉どのへのお呼び出しか」

「あの騒ぎの後、太郎吉は番屋に呼ばれて近藤様の聞き取りがございました。こ

たびの一件は刃傷沙汰もあったことだ、赤目様は関わりがないということで一件落着致しました」

「気遣い頂き、相すまぬことでござる」

「いや、本所入江町界隈が静かになったこともございますし、お花大尽には厳しいお叱りがございました。本来われらの仕事にございましたが、それを赤目様お一人でやり遂げられたんでございますよ。南町は棚から牡丹餅《ぼたもち》が転げ落ちてきたようで、赤目様だけがただ働きだ」

「うづさんが絡んだ一件ゆえで、銭金で動いたわけではござらぬ」

「まあ、そうでございましょうがな」

と秀次が言い、

「捨吉にもお上からご褒美がいくべきところ、赤目様の絡みもございましてな、なにもございません」

「捨吉とて銭金で動いたわけではない。ただ太郎吉どのを助けたい一心が羽織お化けを生み出したのでござる」

「得をしたのは読売屋だけにございますかな」

と観右衛門が苦笑いした。

「まあそんなところか」

と応じた小籐次が、

「観右衛門どの、得意先の備前屋で奇妙なことを聞いた。一つ百両吉原明かりの偽が出たそうな」

と、備前屋で聞いた話を伝えた。すると、秀次親分の目がぎらりと光った。だが、即座に反応したのは観右衛門だった。

「なんと、早や偽物が見世物小屋に出ておりますか」

「どうやら陰間芝居の小道具らしいがな」

「こりゃ水戸様も一日も早く吉原明かりを売り出さないと、偽物が出回った後ではとんだことになりますぞ。明日にも水戸様にご注進しておきましょう」

と観右衛門が言い出した。

「赤目様。西極雛之丞とかいうその陰間、上方からの下り者というのですね」

と秀次親分が訊いた。

「そう聞いたが、なにか」

「例の松田屋の一件の男女が京極姓にございますよ」

「西極と京極か。おおっ、これは迂闊《うかつ》であったわ」

「わっしはこれから浅草奥山に飛んでみます」

難波橋の親分が腰を上げた。

「親分、それがしも同道致すか」

「もし赤目様の手を煩わすとしても、わっしの下調べが終わった後でございますよ」

と言い残すと、秀次は東海道を北へと姿を消した。

「赤目様、どうです、うちで夕餉を食していかれませぬか」

「気持ちは有難いが、駿太郎を長屋の連中に預けて参った。御用が済んだとなれば、この足で引き返します」

「無理は申しますまい。ですが、ちょいとお待ちを」

と観右衛門が台所に姿を消して直ぐに、角樽と鰹《かつお》を一尾、竹笊《たけざる》に載せて戻ってきた。

「この角樽は松田屋さんから赤目様にと託《ことづか》ったものです。こちらの鰹は日本橋の魚屋が届けてきたものの一尾です。偶には長屋の連中と暑気払いをするのもようございましょう」

「松田屋さんには先日も馳走になった。重ね重ね恐縮なことにござる」

「どうやら茂兵衛さん、赤目様が気に入ったようでございますね」

「酒に初鰹とは豪勢な。頂戴致しますぞ」

小籐次は早速、新兵衛長屋に引き返した。すると、井戸端で女衆が駿太郎に行水をさせていた。音頭をとるのはおきみだ。その傍らにはお麻もいて手伝っていた。

「おや、久慈屋の用事は案外早く済んだな」

井戸端で団扇《うちわ》を使いながら勝五郎が声をかけてきた。

「難波橋の親分がうづさんの一件で待っておられたのじゃ。それが済んだので、得意先の備前屋で聞いた奥山の陰間芝居の話をしたら親分の目の色が変わり、早速、浅草に行かれた。御用を務めるのも楽ではないな」

「なんだい、奥山の陰間芝居とは」

勝五郎が腕を撫《ぶ》して井戸端からやってきた。どうやら、また読売屋に売り込むネタ話か、そんな顔付きだ。

「その話はじっくりと後で致そう。それより夕餉は済んだか」

「済むもなにも、駿太郎ちゃんの行水が先てんで待ちぼうけだ」

「ならば酒と肴《さかな》にほれ、このように仕入れて参った」

と小舟から角樽と鰹を一尾、両手で差し上げて見せた。

「なにっ、鎌倉河岸の豊島屋の角樽に初鰹とは豪勢だな。どうした、久慈屋からの頂きものか」

「鰹はそうじゃが、酒は松田屋からだ」

と答えた小籐次は、

「勝五郎さん、鰹を捌いてくれぬか。行水のお礼に皆で分けようではないか」

「合点承知だ。おれにまかせろ」

と勝五郎が腕まくりして鰹を受け取った。

「おっ母あ、駿太郎ちゃんの行水は早めに切り上げねえ。鰹を捌くぜ」

「もう終わったよ」

手拭いを広げたお麻が駿太郎を抱き取り、着替えをさせるために自分の家に連れ戻った。

一汗かいた体《てい》のおきみが、

「脂が乗った大きな鰹だねえ」

「うちに柳刃包丁があったな、持ってこい」

と命じた勝五郎は、駿太郎が行水し終えた盥を抱えて堀留に水を流し、その盥を伏せて俎板《まないた》を置いた。

「旦那も、褌一つになって水を被っちゃどうだ。さっぱりするぜ」

「よいかのう」

「酔いどれ様の裸を見て驚く女はだれもいねえよ」

「ならば、そうさせてもらうか」

小籐次は部屋に帰ると、下帯と古浴衣を抱えて井戸端に戻った。

駿太郎はどうやらお麻の家から貰い乳に連れていかれる様子で、木戸の向こうからその気配が伝わってきた。

おきみが出刃包丁と柳刃包丁を持ってきたが、

「近頃、魚なんぞ捌いたことがないから錆が浮いてるよ」

と勝五郎に差し出した。

「おきみさん、わしが手入れしよう」

小籐次は部屋に引き返すと、中砥を取り上げ、再び井戸端に戻った。

「勝五郎さん、急ぎ仕事じゃぞ」

と断った小籐次はたちまち出刃包丁と柳刃包丁を研ぎ上げた。

「よし、捌くぜ」

と気合いを入れた勝五郎が初鰹に出刃包丁の切っ先を入れた。

小籐次は、魚を捌く勝五郎とは井戸を挟んで反対側に行き、釣瓶で水を汲んでまず顔から手足を洗い、褌一つになって水を何杯も被り、

「うーむ、さっぱりした」

と言いながら古浴衣を着て、濡れた下帯を新しいものに替えて水浴を終えた。その時分には勝五郎が手際よく鰹を捌き終えようとしていた。

「保吉、この切り身を新兵衛さんとこに届けてこい」

倅の保吉に、竹笊に載せた鰹の切り身を持たせた。

「おっ母あ、どこぞに大皿があれば借りてきな」

「長屋じゅう探したって大皿なんかないよ。やっぱり新兵衛さんとこで借りてこようか」

と保吉のあとを追っかけていった。

「酔いどれの旦那、井戸端に長屋じゅうの膳を持ち出して、全員で涼みながら酒を飲むってのはどうだ」

「悪くない趣向じゃな」

ばたばたと長屋じゅうが動き出した。

新兵衛長屋の空き地に筵が敷かれると、住人が夕餉に用意していた膳を銘々抱えて筵の上に並べ、あちらこちらに行灯が置かれて蚊遣りが焚かれた。

「お祭りか縁日のようだな」

と保吉が大きな声を張り上げ、折よく駿太郎を貰い乳から連れ戻ったお麻にお夕が、

「おっ母さん、わたしんちもこちらで食べようよ。ねえ、いいでしょう」

「お父つぁんを一人にできないよ、お夕」

「お麻さん、ならば新兵衛さんをこちらに連れて参ればよかろう。家族同然のわれらじゃ、遠慮はいるまい」

小籐次の言葉に、

「そうだ、そうしなよ、お麻さん」

と勝五郎が言い出し、差配の新兵衛一家も長屋の夕餉に加わることになった。

「それ、久慈屋からのもらい物の初鰹と松田屋の酒で暑気払いを始めようか」

小籐次の音頭で角樽の酒が注がれ、保吉は勝五郎が手際よく仕上げた鰹の造りに手を伸ばして頰張り、

「おっ母あ、美味いっ」

と叫んだものだ。

お夕は新兵衛の皿にお造りを取って、

「爺ちゃん、鰹よ」

と箸で口元まで運んでやった。すると新兵衛が、

「とと、か、ととじゃな」

「初鰹よ、食べてみて」

と開いた口に入れると、もぐもぐと咀嚼《そしやく》して、

「このとと、うまい」

と子ども口調で答えてにっこり笑った。

小籐次ら男衆も茶碗酒をくいっと喉に流し込み、

「応《こた》えられないぜ、この一杯がさ」

と勝五郎が嘆声を上げた。

「甘露じゃな。偶にこうして食べるのも悪くないのう」

「酔いどれの旦那、偶にだからいいんだよ。そう年中宴会やったらよ、新兵衛長屋は分限者揃いかと泥棒に目を付けられるぜ」

「分限者とな。いずれも縁がない顔ばかりじゃな」

「まあ、泥棒が押し入る気遣いはねえな」

と頷いて茶碗酒をくいっと飲んだ勝五郎が、

「最前の陰間芝居ってなんだえ」

と言い出した。

「ああ、あれか。この角樽と縁がなくもないな。ほれ、いつぞや、鼈甲細工の松田屋に三人組の若侍が夕暮れどき押し入った話をしたな」

「おお、男女の一件なら儲けさせてもらったよ」

「浅草奥山で上方下りの陰間芝居が評判をとっているそうだが、その陰間役者の西極雛之丞が、もしかしたら、お屋敷から逃げた男女の京極房之助ではないかと、秀次親分は考えられたようなのじゃ」

「それで浅草奥山に走ったってわけか」

「折角、屋敷の押し込めから逃げ出したのじゃ。江戸で、しかも人目に付く陰間芝居なんぞの舞台に立つとは思えぬがのう。それでも調べねばならぬのが親分たちの務めだ」

「もしだぜ、陰間芝居の役者が松田屋の男女と同じ侍なら、またひと稼ぎできるがな」

「勝五郎さん、物事はそう都合よくいかぬものじゃ」

と答えた小籐次が、

「ところで裏は静かなようだが、あれから進展はあったか」

「あれ、旦那は今日の大騒ぎを知らなかったか。そうか、稼ぎに出てたんだっけな」

「ほう、天徳寺裏の薬種問屋勧薬堂から女房が乗り込んできたか」

「女房じゃねえって。娘だよ」

「ああ、そうだったな。出戻り娘が親父どのの妾に厳しいのであったな」

「昼前にね、久しぶりに狒々《ひひ》親父がいそいそと綾香のとこに来たのさ。直ぐに山出しの女中が使いに出され、小女《こおんな》も綾香の連れ子をおぶってこの界隈で時を過ごしていたと思いねえ」

勝五郎は茶碗酒をきゅっと飲んで喉を潤した。

「そんでさ、あられもない声がこの界隈に響き渡った頃合、日傘を差した勧薬堂の出戻り娘が血相変えて妾宅に乗り込みやがった」

「大変な修羅場《しゅらば》じゃな」

「女の喧嘩はなかなか凄《すさ》まじいね。罵り合いなんてもんじゃないよ。綾香の白縮縮の長襦袢姿に向ってさ、蹴り付ける、日傘で殴りかかる」

「でも、妾も負けちゃいなかったねえ」

とおきみが加わった。

「出戻り娘にむしゃぶりつくわ、引き倒すわ」

と夫婦の掛け合いになった。

「そなたら、妾宅へ入り込んで見ておったのか」

「違う違う。出戻り娘が乗り込んだんで、妾が外に逃げ出したんだよ。それを出戻り娘が追いかけて門前での取っ組み合いだもの、町内全員が見てたんだよ」

「それはなかなかの見物《みもの》であったな」

「ああなると男はだらしないね。勧薬堂の隠居ったら、娘と妾の取っ組み合いをぶるぶる震えながら見ていたよ」

「おうさ、寝巻きの裾が乱れてよ、しなびた一物なんぞが見えてたっけ」

「出戻り娘の肩を持つわけにもいくまいし、妾に加勢するわけにもいかぬでな」

「まあ、どっちにも味方はできねえってわけさ」

と言うと勝五郎は、

「酔いどれの旦那、妾と娘の一戦、どっちが勝ったと思うね」

「軍鶏《しゃも》の喧嘩を思い出したが、はてどちらに軍配が上がったかのう」

と訊いた。

「最初は乗り込んだ出戻りの勢いがよかったが、白い太股なんぞをあらわにした綾香の反撃もすごかったよ。出戻りのたぶさを摑んで引き倒して振り回したものな」

「あれで形勢が逆転したよ」

「出戻り娘が髪の根元から血を流しながら逃げ出したものな。その後をこそこそと、入れ歯屋が追いかけて消えたっけ」

「ほう、妾どのが勝利致したか」

「酔いどれの旦那、白の長襦袢でおれたちを睨み付けた綾香の顔ったら、鬼か蛇か。震えあがったぜ」

「それだけ派手な喧嘩をご町内の皆さんに披露したのなら、この先住み続けるのは難しかろうな」

「山出しの女中が戻ってきたあとはしーんとしているよ。どうする気かねえ」

「ともかくだ。おりゃ、妾を囲うのはよした」

と勝五郎が言い出し、

「囲いたくとも先立つものがないよ」

とおきみがこの話を締め括った。

小籐次はふと長屋の頭上の夜空を眺め上げた。すると月明かりに、夜露に濡れた鯉幟がだらりと垂れ下がっているのが見えた。小籐次はふと、

（あの鯉幟、元気で泳ぐ姿はもはや見られまいな）

と考えていた。

四

浅草寺観音堂の裏手に奥山と呼ばれる一帯があった。元々浅草寺境内は寺社奉行の支配下で、店舗を作るにも厳しい制限があった。

だが、境内奥の一角、家屋が建てられる貸地町家は寺社奉行の許可が不要のことから、浅草寺子院の財源のために、宅地として貸し出されたものだ。さらにその界隈には張子見世、二十軒茶屋、仲見世、平見世、松原茶屋、仁王門小間物見世、団子茶屋、六軒茶屋、楊弓場《ようきゆうば》などが営業して客を集めていた。

夜半八つ（午前二時）の時鐘が鳴った。

小籐次は、南町奉行所定廻り同心近藤精兵衛や難波橋の秀次親分らと、筵掛けの陰間芝居小屋の前にいた。

人気の役者西極雛之丞はなんと、松田屋で鼈甲細工の櫛笄などを強奪しようとして小籐次に取り押さえられた三人組のうち、男女の京極房之助と同一人物ということが秀次親分の調べで判明した。

京極房之助は身分が直参旗本二千七百三十石の嫡男と分り、町奉行から御目付の手に移され、屋敷に軟禁して、取調べ中に逃亡して姿を消していたのだ。

小籐次は、屋敷から姿を消した房之助がもはや江戸やその周辺にはおるまいと考えていた。それがなんと、人の集まる浅草寺に堂々といたのだ。

長屋での宴《うたげ》を終えた小籐次は寝入ったところを秀次親分の手先の中吉に起こされて、出馬を願われた。

小籐次が駿太郎を勝五郎とおきみの夫婦に預けると、

「旦那、極楽のあとは地獄が待っていたな。寝床から引きずり出されるなんて、気の毒を絵に描いたようだぜ。駿太郎ちゃんは預かったから、精々働いてきな」

と言う言葉に送られて浅草奥山に到着したところだ。

「赤目どの、もはやあやつは町奉行から御目付の手に移っていますが、お奉行が、この際だ、御目付に恩を売っておこう、寺社方には話を通しておくからと、われらの尻を叩かれたのです。こんなことは滅多にあることではございませんが、行きがかり上、もう一度汗をかこうということになった次第。話を聞けば聞くほど、京極房之助の柳生新陰流、一筋縄ではいかぬことが分りました。それに野郎、大番屋にいるときから、年寄り侍と思い赤目小籐次には不覚をとった、三途《さんず》の川を渡る前に必ずや酔いどれ小籐次には恨みを晴らすと洩らしておりましたので、かく赤目どのの出馬を願うたというわけにございます」

と近藤が縷々《るる》説明した。

近藤以下、捕り方全員が、鉢巻、襷掛け、手甲脚絆《てっこうきゃはん》に草鞋履き、六尺棒や長十手という実戦の身仕度だ。

「京極房之助は一人、この上方下りの陰間芝居に加わっておるのでござろうか」

「いえ、どうやら昔の悪仲間を数人引き込んでおる様子。そちらのほうはわれらがなんとか致します。赤目どのには陰間の剣客の始末をお願いしたいのです」

小籐次は頷くと、

「近藤どの、お奉行はこの赤目小籐次に京極房之助を斬れと仰せか。それとも手捕りに致し、再び御目付の手に生きて渡したいおつもりか」

小籐次はなぜ南町奉行が御目付の失態の尻拭いを買って出たか訝っていた。

「赤目どの、われら同心風情では奉行の心底は分りかねます。しかしなんとなく、京極家から泣きつかれてのことと推量しております」

「生きてお調べを受けるより口を封じてしまい、なんとしても京極家の断絶は免れたい。そのような意を受けてのことと近藤どのは申されるか」

「まあ、そのようなことかと」

近藤がばつの悪そうな顔をして小籐次の推測を肯定した。

「柳生新陰流の腕次第では、こちらが斃されることもあろう」

近藤精兵衛は険しくも引き締めた顔で頷いた。

「赤目どの、この陰間芝居、なかなかの人気で、あと二十日の興行が決まった矢先だそうです。ところが急に江戸打ち上げが勧進元に伝えられたそうです。当然、売れっ子陰間の西極雛之丞の意を受けてのことかと思われます」

「つまりは探索の手が身近に伸びておるのを察したと申されるか」

「牢を抜けたあと、悪党は夜もぐっすりとは眠っていませんや。そんな奴の勘ってのはなかなか鋭うございましてな」

と秀次が近藤の言葉を補い、

「芝居が跳ねた後、雛之丞らはつい一刻（二時間）前まで酒を飲んでいた様子にございます」

「ならば親分、寝込みを襲おうか」

「わっしらが裏口から回り込みます」

「それがしは木戸口からでよいな」

「へえっ」

小籐次は破れ笠を被り、着古した単衣に裁っ付け袴、武者草鞋ですたすたと木戸に近付いた。それを見た秀次親分と手先たちが足音を忍ばせて芝居小屋の裏手に回った。

近藤は小籐次に同道する気か、前帯から長十手を抜いて従った。

小者の手によって木戸口はすでに押し開けられていた。

するりと木戸口を入ると、鉤《かぎ》の手になった真っ暗な土間道があった。

小籐次は筵掛けの壁に遮られた土間道を進むと見物席に出た。

暗い芝居小屋の中には食べ物、酒、汚穢《おわい》の混じりあったような温気《うんき》が漂っていた。

じっとりとした汗が小籐次の首筋から噴き出してきた。

小籐次は舞台と思える辺りに人の気配を感じ取っていた。

暗闇に小さな火の玉が、
ぼおっ
と浮かんだ。すると煙草の匂いが流れてきた。その火の玉が横手に流れて、灯りが点され、芝居小屋の内部がうっすらと浮かび上がった。

舞台に、白塗りの顔に鮮やかな紅を引き、緋縮緬の長襦袢を着た陰間が一人、大あぐらをかいて煙管を手にしていた。

壮絶にも頽廃美を漂わせた西極雛之丞だ。

「そなた、京極房之助じゃな」

近藤精兵衛が念を押した。

小籐次は破れ笠の紐《ひも》を解くと脱いだ。

「昨日あたりから背筋がぞくぞくとしていたが、てめえか」

自ら京極房之助と認める発言をした。

小籐次が筵の敷かれた土間席を舞台へと近付いた。

京極房之助のらんらんと輝く両眼が、笠を脱いで面を曝した小籐次を射竦めるように見た。

「酔いどれ小籐次、過日は油断致した。てめえの白髪首、その胴から斬り落として江戸を離れるぜ」

「そなたの屋敷ではそなたの死を望んでおるそうな」

「それほどしてまで守りたい二千七百三十石かねえ。札差《ふださし》に何年先の実入りまで押さえられて屋敷の中は火の車。直参旗本の体面なんぞはこれっぽっちもありゃしないのによ」

ゆらり

と京極房之助が立ち上がった。左手に赤鞘の刀を握り、煙管を右手に構えたまだ。

小籐次とは三間の間合いだが、京極房之助は二尺高い舞台にいた。

房之助が左手の剣を長襦袢の紐に差し落とした。

その直後、裏口から秀次らが突っ込んだか、

わあっ

という喚声がして、

「ここは寺社方が支配する地だ。御用聞きがのさばる場所ではないぞ」

という声が上がった。房之助の昔の悪党仲間か。

近藤精兵衛が従ってきた小者に、

「灯りを点せ」

と命じた。

手先が素早く、御用提灯の火を芝居小屋のあちこちに置かれた箱行灯に移していった。すると、筵が敷かれた土間席が浮かび上がった。

「陰間芝居とて、そなたにとって舞台は神聖な場所であろう。そちらに骸《むくろ》を曝すか、土間に下りるか、そなたが決めよ」

「舞台は一時《いっとき》の身の隠し場所よ。なにが神聖なものか」

「それがしに舞台に上がれと申すか」

小籐次が動きかけたとき、舞台の背景の引き幕が大きく揺れて千切れ落ち、抜き身を持った浪人数人が姿を見せた。それを秀次らが長十手や六尺棒で追い詰めた。

「ちぇっ、邪魔が入ったぜ」

と舌打ちすると、京極房之助は舞台からひょいと土間席に飛び降りた。

その瞬間、右手が翻り、銀煙管が小籐次に向って投げられた。小籐次の手にあった破れ笠が回されて銀煙管を叩き落とした。

それが京極房之助の狙いでもあった。
一気に間合いを詰めると赤鮫革《さめがわ》の柄に手を伸ばして抜き放ちながら、小籐次の胴へと車輪に引き回した。
柳生新陰流の遣い手と評判を取るだけに、鋭い胴への攻撃だった。
小籐次は銀煙管を弾《はじ》いた破れ笠を、抜き打たれた刃の先に投げると、
つつつう
と腰を沈めて、房之助の左手に流れ逃れた。
ばさり
と房之助が破れ笠を両断した音が小籐次の背でした。その音で間合いを計りつつ、小籐次が反転した。
房之助が白塗りに紅を引いた顔を歪《ゆが》めて迫ってきた。
破れ笠を斬り割った細身の刃が右肩に引き付けられていた。
未だ小籐次の次直は鞘の中だ。
にたり
と房之助が勝利を確信したか、笑みを洩らした。
そのとき、小籐次は房之助が振り下ろす細身の剣の下へと身を滑り込ませた。

それは京極房之助が予期せぬ行動だった。

「酔いどれ小籐次、抜かったな」

それでも房之助は眦《まなじり》を吊り上げて勝ち誇ったように叫んでいた。

だが、刃の下に自ら小柄な体を置いた小籐次の右手の動きを見逃していた。柄にかかった手が一気に次直二尺一寸三分を引き抜くと、左手を添えて房之助の緋縮緬の胸部から喉元に刎《は》ね上げていた。

その直後、房之助の振り下ろした刀の柄が小籐次の肩に、
がつん
と当たった。

小籐次の肩に衝撃が走った。それほどの打撃だった。だが、小籐次の動きは止まらなかった。

京極房之助の予想を超えた動きで内懐に入り込んだ小籐次は、房之助の攻撃を封じていた。さらに相手の死角の中で引き回された次直が、確実に房之助の生を絶とうとしていた。

「うっ」

と立ち竦んだ房之助の体から発せられた化粧の匂いが、小籐次の鼻腔に漂い流

れてきた。

小籐次の痺《しび》れる肩が房之助の胸を突いた。

よろよろと後退した房之助の喉元から、
ぱあっ
と血飛沫が上がり、

「来島水軍流漣」

の声が小籐次の口から洩れた。

「なんてことだ」

房之助の顔が訝しさに塗《まぶ》され、言葉を洩らしたことで、また喉元から血が噴き出し、腰ががくんと落ちて土間席に転がった。

小籐次は舞台の上の捕り物に視線をやった。

死に物狂いの抵抗を房之助の仲間が試みて、百戦錬磨の秀次ら捕り方もたじたじとなっていた。

「赤目小籐次、京極房之助を討ち取ったり！」

小籐次の勝ち鬨《どき》に房之助の仲間が、

「なにっ、房之助がやられたか」

「もはや、われらの抵抗もここまでじゃ！」

の声が洩れて、一人が剣を投げ出し、次々に仲間が秀次らの前に制圧された。

「お見事な業前、近藤精兵衛、感服仕《つかまつ》った」

南町定廻り同心が洩らして騒ぎは終息した。


数刻後、小籐次は加賀湯の朝風呂に身を浸していた。傍らには勝五郎と読売屋の空蔵がいて、ぼそりぼそりと伝える小籐次の言葉を空蔵は記憶していた。

「こたびの騒ぎで二千七百三十石、間違いなく改易にございましょうな」

「町奉行所、御目付、さらには寺社方まで関わる騒ぎだぜ。ほら蔵さんよ、まず御家断絶だな」

勝五郎が意見を述べた。

「そのようなこと、わしの知ったことではないわ」

「赤目小籐次様の名が読売に出せるかどうか、その辺りが売れ行きに関わってきましょうな」

湯船の中で腕組みをした空蔵が言う。

「それもまた、わしの知るところではないわ」

「いえ、南町になんとか談判して、酔いどれ様の名を記載できるように願い奉ります。南町とて赤目様のお陰で御目付と寺社方に大きな顔ができたわけですから、これくらい大目に見てもようございましょう」

とすでに空蔵の頭には奉行所とのやり取りがあるのか、湯屋の格子窓の辺りを睨んで沈思していた。

石榴口に人の気配がして、二人の若者が入ってきた。

太郎吉と縞太郎だ。

「おぬしら、どうした。仕事を休んで遊びに来たか」

と小籐次が声をかけると太郎吉が、

「な、言ったろ。赤目様はあれやこれやと忙しい身だ。おまえのことなんぞ覚えているものか」

と太郎吉が縞太郎に言い、二人でかかり湯を被って湯船に入ってきた。すると、ざあっと湯が溢れ、勝五郎と空蔵が慌てて立ち上がった。

「これはすまねえ、勝五郎さん」

と太郎吉が謝り、小籐次が、

「なんぞ御用で参られたか」

と問い返した。

「困ったぜ、赤目様」

「どうしたのだ」

「だからさ、おれとおきょうの祝言だよ」

「おお、忘れてはおらぬぞ。待てよ、日取りはいつであったか」

「だから今日なんだよ」

「おっ、なんと今日であったか。これは大変じゃ。なんの仕度もしておらぬわ」

「お父つぁんがさ、赤目様は身一つで来てくれればいいってさ」

「とはいうものの、仲人となれば継裃《つぎがみしも》の一枚もいろう」

と答えた小籐次が勝五郎を見て、さらに空蔵に視線を移した。

「空蔵さん、そなた、継裃は持っておらぬか」

「継裃なんて、そんなもん持っちゃいないが、話次第ではどこからでも都合をつける。だから事情を話してみなせえ。赤目様が仲人とはどういうことです」

と空蔵がまた湯に体を浸けた。

「この話、おぬしは知らぬか」

と、縞太郎とおきょうが所帯を持つに至った経緯を空蔵に話して聞かせた。

「これは明るい話ですな。どうだ、縞太郎さん、この話、読売に書いてもいいかねえ」

「おれとおきょうの祝言が読売の材料になるってか」

「正直言って、おまえさんとおきょうさんが夫婦になる話では商売にならぬ。だが、これに赤目小籐次様が一枚嚙んで一人仲人までやるとなると、まあ、小ネタには化けさせることができる。どうだ、やる気はあるか」

と空蔵が嘯いた。

「読売屋の旦那、直ぐにも、深川蛤町裏河岸まで赤目様を連れてきてくれるのなら、おりゃ、読売に書かれてもいいや。なにも悪いことをするわけじゃねえもんな」

と縞太郎が請け合った。

空蔵が小籐次を見た。

「赤目の旦那、旦那にぴったりの継裃、私が提供致しますよ」

「なにやら、そなたの餌食《えじき》になっておるような気がして参った」

「そうと決まれば、赤目様、湯屋の帰りに髪結い床に立ち寄って、その足で損料屋に参りましょうか」

加賀湯の湯船の中で慌しくも話が纏《まと》まった。

「それとさ、赤目様、もう一つあるんだ。おきょうからは恥ずかしいから言うなと釘を刺されてきたんだが」

「なにがあるのだ」

「だから、おれたちに子ができたんだよ」

「おきょうさんが懐妊致したか。めでたいな」

「おめでたいかねえ」

「これ以上、めでたいことが世の中にあるものか。それにしてもこの赤目小籐次が一人仲人とは」

ふうっ

と溜息を一つ吐いた小籐次の脳裏に、深川蛤町裏河岸の空に勢いよく泳ぐ鯉幟の図が浮かんだ。

特別付録

藤沢周平記念館講演録〈後半〉

二〇一六年十月三十日、鶴岡市立藤沢周平記念館（山形県）でおこなわれた佐伯泰英さん初の講演会。「藤沢周平さんと私」と題したそれは、まず藤沢文学が佐伯文学に与えた影響について語られました。そして「文庫書き下ろし時代小説」という新ジャンルに足を踏み入れた経緯。聴衆は秘話の数々に惹き込まれました。

講演が佳境に入った頃、水で喉を湿らせ、一拍おいた佐伯さんの口から、意外な話題が発せられました。「スペインでの闘牛体験」。写真家時代、主な被写体としていた闘牛こそ、佐伯さんにとって時代小説の原点だというのです——。（講演前半は『春雷道中　酔いどれ小籐次（九）決定版』に収録されています。）

私の時代小説の原点「スペインでの闘牛体験」について触れさせてもらいます。

一九七〇年代初めのことです。闘牛取材のために夫婦でスペイン・カタルーニャ地方の中心都市バルセロナに移住しました。地中海に面した港町には大きな闘牛場が二つもあり、スペイン南部からの国内移民たちが大勢住んでいました。その彼らが故郷アンダルシアに始まった闘牛、フラメンコを支えておりました。

スペインは当時フランコ独裁政権の末期でした。今の北朝鮮とは比較にはなりませんが、「閉鎖社会」であったことは確かです。どこの馬の骨とも知れぬ外国人が闘牛界の内部に潜り込むのは大変難しい。

偶然にもバルセロナで長女が生まれた。そのとき、私は葉巻を買って闘牛愛好クラブのボスたちに配って歩きました。男性社会・マッチョの国のスペインでは男たちが心を開いてくれる小道具は、「葉巻、ワイン」がお決まりでした。

次の闘牛開催日、彼らは私を闘牛場の観客席ではなく、闘牛士が待機する場に、相撲でいえば支度部屋のようなところに連れていってくれました。

闘牛世界の扉が開いた瞬間でした。

さてこのスライドの若者を何者とお思いになりますか？（写真1）私が今から四十年

写真1　ヒッチハイク中のマレティージャ。1970年代前半

以上も前にセビリアの町外れで撮った写真です。

ヒッチハイクを試みるこの若者は、プロの闘牛士志願の青年です。肩に背負った木剣と木の棒、それに風呂敷にカポーテとかムレタとか呼ばれる闘牛の道具一式が包まれています。スペイン語で「風呂敷」をマレティージャと呼びます。そのために、彼も「風呂敷《マレティージャ》」と呼び捨てされる一人でした。

彼はチャンスを求めてスペインの闘牛場を渡り歩いて暮らしているのです。時に警備の目を盗んで、闘牛場に飛び込み、闘牛《トロ・ブラボー》の牛を闘牛士から奪いとり、闘牛の技を一つ二つ披露して、観客やプロモーターに自分をアピールするのです。むろん違法行為です。その結果は、警察に捉《つかま》り、留置場に送られるのは運がよいほうで、牛の角に突かれて大怪我を負う、死に至ることもある。反対に命を張った結果、プロモーターの目に留まってスーパースターになった若者もいます。

六〇年代のスペインはエル・コルドベスという闘牛士の時代でした（写真2）。アメリカからジャンボ・ジェットをチャーターしてエル・コルドベスの闘牛を見物に大勢のアメリカ人が次々にスペインに押しかけてきました。

残念ながら私はその時代に間に合いませんでした。

エル・コルドベスのドラマチックな出世と軽業師のような闘牛は独裁体制スペインのイメージそのものを変えました。その熱狂の時代は、いくつかの本に記録されております。

写真2 不世出の闘牛士、エル・コルドベス(1936～)

例えばラリー・コリンズとドミニク・ラピエールの共著『さもなくば喪服を』です。

『さもなくば喪服を』というタイトルですが、エル・コルドベスは十四歳の折に風呂敷一つで貧しい家を出ます。最初の田舎闘牛の出場が決まったとき、「泣かないでくれよ、アンヘリータ姉ちゃん、おれ、出世して家を買ってやるからな、さもなければ、失敗して牛の角にやられたときは、喪服を着てね」とのエル・コルドベス自身の言葉から付けられたのです。

このタイトルがさきほどの若者「風呂敷《マレティージャ》」のすべてを物語っています。「成功か死か」の世界なのです。

そしてこの後編というべき出版物が拙作『闘牛士エル・コルドベス1969年の叛乱』です。この本の話はのちほどさせて頂きます。

ともあれ、七〇年代の初めまでこんな青年、マレティージャを見かけました。夜は闘牛場の壁に寄りかかり、闘牛に使う道具《カポーテ》を寝袋代わりに、満員の闘牛場に立つ夢を見ながら眠りに就くのです。

この青年、まるで江戸時代の武者修行者とお思いになりませんか。

闘牛用の牛を飼育する牧場は昔から貴族やアンダルシアの大地主の道楽でした。一年に三、四十頭の闘牛用の牛を育てるために広大な牧場が必要なのです。

七月になると、よくテレビのニュースやなにかで路上を雄牛が疾走する映像をご覧になった方もおありでしょう。午後戦う六頭の牛を闘牛場に追い込む過程が「牛追い《エンシエロ》」です。この「牛追い」が一大イベントになった。闘いの前日、六頭の牛は城郭都市パンプローナの砦の中で最後の夜を過ごし、次の日の朝、その午後に戦う闘牛場へと追い込まれるのです。

このパンプローナの「牛追い」は、ノーベル文学賞作家ヘミングウェイの小説『日はまた昇る』の舞台として全世界に知られました。

ご覧に入れた白黒写真が一九七〇年代初めのスペイン闘牛界そのものでした。

闘牛は、格闘技でもスポーツでもありません。スペインの人びとは、「芸術《アルテ》」と呼んでいましたが、私の理解では、「伝統芸能」でしょうか。色彩と音楽と臨場感にあふれた祭の中心的な呼び物が闘牛でした。

闘牛は、その土地その土地の祭礼に合わせて、連続興行で開かれます。闘牛の本場セビリアは四月、首都マドリードでは五月。「牛追い祭」で有名なパンプローナでは七月に、という具合です。ために闘牛士はスペイン中を祭から祭へと渡り歩くのです。

人気闘牛士オルテガ・カノが世界遺産の町クエンカのホテルの一室で闘牛に備えて着替えをしています（写真3）。

私服から闘牛士の「光の衣裳」に着替える瞬間、「現代の青年」から「中世の剣闘士」と変わるのです。そして、オリーブ油の灯明《あかり》を灯して、闘牛場へと出かけていくのです。闘いの間、ホテルの部屋では灯明が静かに闘牛士の無事を祈っています。

無人の部屋にもう一つ、ベッドの下に現金がいっぱい詰まったトランクが無造作に置かれているのをしばしば見かけました。なぜかというと、地方のプロモーターとは事前の「現金決済」が決まりでした。闘牛士が命を落としたとき、のちに報酬が支払われることは決してありません。そんな世界だからです。

闘牛場からホテルに戻った闘牛士はまず聖母マリアに感謝し、灯明を吹き消します。そして、ようやく恋人や家族に無事を連絡するのです。

このオルテガ・カノを憶えておいて下さい、後ほどもう一枚彼の写真を見て頂きます。

この写真は闘牛場で入場行進を待つ闘牛士の背中です（写真4）。

光に向って待機する闘牛士たちの「光の衣裳」が煌びやかで、私は歌舞伎や相撲に相通ずる雰囲気をいつも感じていました。ですが、歌舞伎や相撲と異なるのは光です、スペインの強烈な太陽の光です。

スペインの有名な詩人ガルシア・ロルカに友人の闘牛士の悲劇をテーマにした『イグナシオ・サンチェス・メヒアスへの哀悼歌』という詩があります。

この詩では、「午後の五時《ア・ラス・シンコ・デ・ラ・タルデ》、きっかり午後の五時」と闘牛開始の時刻が象徴的に、かつ効果的に韻を踏んで美しくリフレーンされます。

闘牛はふつう三人の闘牛士が六頭のトロ・ブラボーと交替で戦う形式です。キャリアの古い順にA、B、Cと戦い、もう一度A、B、Cと六頭の牛と戦いを繰り返すのです。

夕暮れの光が西に傾いた刻限、「午後の五時《ア・ラス・シンコ・デ・ラ・タルデ》」に闘牛は始まります。

闘牛用に格別に飼育された牛は牡。四歳で、闘牛場に出されます。牛は主に南スペイン、アンダルシア地方で飼育されます。そのために牛は闘牛場に出るまで暑い夏と冬の飢えの厳しい季節を四度生き抜いて、闘牛士の前に登場するのです。

このようにして育てられた牛は闘牛場に出てきたとき、力強くスピードがあります。闘

写真３　人気闘牛士のオルテガ・カノ（1953～）

写真４　太陽が西に傾いた頃、闘牛士は戦いの舞台に赴く

牛士は、三百年も前の軍隊用の外套《マント》を改良したカポーテで直線的な攻めを受け流して、牛の力とスピードを緩めていきます。カポーテには外套の名残で襟が付いています。かようなプロセスを経て、技が仕掛けられるようにしていくのです。

ここで少しだけ寄り道をさせてください。

さきほど紹介いたしました『さもなくば喪服を』の後編というべき私の本が、一九八一年に出版されました。ノンフィクション『闘牛士エル・コルドベス１９６９年の叛乱』です。

この本の主役もエル・コルドベスです。そしてもう一人の主人公はエル・コルドベスより若い闘牛士パロモ・リナレスです。

熱狂の六〇年代が終りかけたとき、スペイン社会を二分するほどの一つの出来事が起こりました。スーパースターのエル・コルドベスと若いパロモ・リナレス、この二人の人気闘牛士は闘牛界を支配していたボスたちに反抗して自主興行を試みます。

当時、大半の闘牛場を少数のボスたちが支配していました。自主闘牛を企てた二人は闘牛場から締め出されたのです。そこで彼らは「ゲリラ兵」と名付けた組み立て式の簡易闘牛場をトラックに乗せ、スペイン各地のスーパーの駐車場や空き地で興行を打って回ったのです。

スペインの夏は日本よりはるかに暑いです。そして、この簡易闘牛場には闘牛場に本来あるべき三つの施設がありません。

熱心なカソリック教徒の闘牛士がお祈りをする祭壇、殺した牛を解体する場、そして、闘牛士が角傷を負ったとき、運び込まれる手術室がありません。牛も「クズ牛」です。

劣悪の環境での二人の戦いは一シーズンで終わりを告げました。

エル・コルドベスは引退し、若いパロモ・リナレスだけがボス支配の闘牛界に戻りました。このシーズンを中心に描いたのが拙作のノンフィクションです。

闘牛の技の説明に戻ります。

カポーテに続いてムレタと呼ばれる円形の赤布を木の棒で半円の形にした道具で牛を誘います。このムレタこそ多彩な闘牛の技を成り立たせる道具です。闘牛士は、攻撃してくる牛の角先すれすれに不動の姿勢を保ちながら立ち、ムレタを操って躱《かわ》します。このムレタを使った技を「パセ」と呼びます。

闘牛の醍醐味は牛との駆け引きであり、かたちです。決めの所作、かたちにスペイン人は美しさを感じるのです。

私が闘牛取材を始めた頃、闘牛士と牛の危険な技の瞬間ばかりを狙ってカメラのシャッターを押しておりました。ところがスペイン人カメラマンはシャッターを押す瞬間が私のそれとは違うのです。

ある夏、闘牛場のカメラマン席の隣にいたスペイン人写真家のヘススが、「おい、おれが闘牛の一番美しい瞬間を教えてやる。いいか」とワインの空瓶を構えて、眼前に展開される闘牛士と牛を見ながら「おれがこの板壁を叩いたとき、シャッターを押せ、それ今だ」とタイミングを何度も何度も教えてくれました。

その瞬間に押すと確かに闘牛士と牛が「かたち」になっており、所作が決まっていました。私の写真は力動的ですが、美に欠ける。スペイン人写真家のそれは、「静的な一瞬の美、かたち」がある。この感覚の違いは闘牛を知るうえで極めて重要なことでした。

闘牛の真実はパセの決めにあるのです（写真5）。

日本舞踊の動きとかクラシック・バレエの決めとか、舞踊家が表現する舞いのような、死を予感させる時の流れと「かたち」が闘牛の見せ場なのです。

牛が足を止めたとき、生と死の対決が待っています。スペインではこの対決を、「真実《オラ・》の瞬間《デ・ベルダー》」と呼んでおります（写真6）。

牛の角幅は、七〇～八〇センチほどあります。それを一旦地面すれすれに這わせておいて突き上げるのです。闘牛士は、切っ先が少し下に曲った剣で対決します。

闘牛士が牛を仕留める技は大きくわけて三つあります。

写真５　ムレタを自在に操り、パセを繰り出す闘牛士

①受け技
②飛び込み技
③同時技

この三種類です。

まず一番目の技から説明します。

一つ目は受け技。闘牛士は、構えた牛に先に攻めさせておいて、踏み込んできた角に伸し掛かるように刺す、大胆にして危険極まりない大技です。

時代小説でしばしば表現される反撃技、「後《ご》の先《せん》」と同じ考え方です。

二番目の飛び込み技を説明します。「飛び込み技」は牛が身構えた瞬間、闘牛士が機先を制して間合いを詰め、首から背筋に剣を刺し込む技です。

この「飛び込み技」は、剣術の対決、「先々《せんせん》の先」と全く同じ考え方、先手技です。

例えば、『直心影流極意』には、「勝負の第一要素は先々の先にある。攻撃なくして勝ちを求めることは出来ない」とあります。すなわち闘牛の「飛び込み技」は、剣術の「先々の先」と同じ発想なのです。勝ちに徹するために使われる先手技です。

三番目の技は、闘牛士と牛が阿吽の呼吸で同時に仕掛け、中間点で激突する「刺し技」です。ボクシングでいうならばクロス・カウンターでしょうか。

今まで見て頂いた三つの攻めは闘牛術にも剣術にも相通ずる考え方だと私は考えています。

華麗な同時技を見せてくれた闘牛士に、パキリがいます。忘れられない闘牛士です（写真7）。

パキリは七〇年代から八〇年代の実力派闘牛士でした。私は彼の大胆な闘牛の技が大好きで、無数の午後、間近から彼の戦いを撮影してきました。絵になる闘牛士でもありました。

彼が引退を決めた日の、最後の午後のことです。コルドバ県のポソブランコ闘牛場の戦いで牛の劇的な反撃を受けて角傷を負い、闘牛場の手術室に運ばれました。角で突かれた瞬間も、そのあとの一連の模様も手術室の治療の場面も克明にビデオ・カメラが記録しておりました。

写真６　剣を水平に構え、「真実の瞬間」を待つ

死の瞬間まで取り乱すことなく従容としたパキリの言動は余すところなく全国にテレビ放映されました。そしてスペインじゅうに感動を与え、哀しみに突き落としました。

私はセビリアで行われた葬式に参列しました。セビリアじゅうが黒い喪服の老若男女で埋め尽くされ、弔いの場と化しました。

闘牛の聖地セビリアのマエストランサ闘牛場に棺が運ばれ、男たちが交替でパキリの棺を担いでいつまでも黄色の砂地の闘牛場を回っておりました。そして、凱旋する闘牛士のように棺が表門からセビリアの町へと出ていく光景を私は忘れることはありません。

一九八四年九月末のシーズン終わりの悲劇でした。パキリの死は、ある意味で現代闘牛の終焉だと私は思います。

この本の右側の白黒写真の人物は恥ずかしながら、闘牛取材をしていた七〇年代の私です（写真8A）。

見ていただきたかった写真は左表紙の人物です（写真8B）。先ほどご覧に入れたオルテガ・カノのことを覚えておいででしょうか。この写真は若き日のオルテガ・カノです。私は彼のデビュー戦も撮影しておりました。ホテルの一室での着替えの場面からは、十五〜十六年も前のことです。

私はオルテガと久しぶりに再会し、直ぐに彼の闘牛の旅に同行することにいたしました。牛の角の前に立ち続けてきた男の顔立ちが変わっていたからです。険しくも思索者のような闘牛士の表情に変貌していました。

私はこんな闘牛の祝祭を何年も追いかけ、間近に見続け、闘牛士と牛の「生と死」を撮影しておりました。

現在、動物愛護思想の高まりなどもあり、闘牛の存続が危ぶまれております。事実カタルーニャ地方では全面的に闘牛は禁じられております。ですが、私が取材していた当時は、そんな兆候は全くありませんでした。

スペインの闘牛はローマがイベリア半島を支配していたコロセウムで始まったと伝えられます。およそ二千年以上も前の話です。

写真7　ファンの祝儀（ヤマウズラ）を手に歓声に応じるパキリ

現代闘牛の形式と様式が定まったのは十八世紀初頭です。奇しくも『用心棒日月抄』と『密命』の時代と全く同じ時期に現代闘牛は始まったのです。そして今衰退の時期を迎えています。

さて闘牛が終わったあと、闘牛士は、次の開催地に向って何百キロも移動します。

闘牛の開催地はスペイン国内だけではございません。日本ではあまり知られていませんがフランス南部でも闘牛が行なわれます。フランス南部のプロバンスには闘牛牧場があり、ニーム、アルルは、ローマ時代のコロセウムが闘牛場としてそのまま今も使われています。

この夜間移動の間にスペイン、フランス国境を通過するのですが、車の中に男たちが剣や槍を携え、枕を抱えて寝ている光景なんて、テロが横行するヨーロッパの現況からは想像もできないでしょう。

その当時は、スペインの江戸時代といっていい雰囲気が色濃く残っておりました。国境でパスポートを見せるどころか、「おれたち《ソモス》、闘牛士《トレーロス》だ」の一言で国境が通過できたEU成立以前の、古きよき時代でした。

夜明け前、次の闘牛興行地に着くと、闘牛士はホテルで仮眠をとり、午後の戦いに備えます。闘牛士の助手は、剣の切っ先を砥石で研ぎます。「シュッシュッ」という音が部屋の隣から響いてくるのです。

戦う人、旅する男が存在していたのが七〇年代のスペイン闘牛界でした。

さて闘牛の話はこのくらいにして、本日の「結び」に移らせてもらいます。

私の時代小説は、スペインでの経験、暮らしが形を変えて生まれたものです。

「文庫書き下ろし」という出版のスタイルが一時出版界を支えました。ですが、二〇〇七～二〇〇八年を頂点に文庫ブームは陰りを見せ始めました。そんな出版状況下、二十年前にお亡くなりになった藤沢周平先生の本は売れ続けている。

このたび、藤沢作品を読み返して気付いたことがあります。

「現代ものの小説は描写されている風俗、ファッションから古びる。一方、時代小説は元々過去の世界を舞台にしているのでいつまでも読み継がれる」

写真 8A　右は 30 代の頃の佐伯氏(『闘牛』カバーより)

写真 8B 『闘牛』(平凡社カラー新書　1976 年刊)

などと主張される方もおられます。ですが、時代小説も作品によっては文体から古びていきます。

時代小説の古典として、よき例が藤沢周平作品です。先生はお亡くなりになったが、作品は生き続けている。

時代小説を書く作家が百人いれば、百の色彩《いろどり》、雰囲気があっていい。そのことに気付いてスペインでの経験を私の時代小説の基本に据えました。

周平先生がきっとそうであったように私は、死の時まで夜明け前に起きてワープロの前に座り、一職人作家として「自分の物語」を書き続けていく心積もりです。

文庫書き下ろし作家が時代小説の神様を論ずるのは無謀の極みです。

ともかく私が時代小説の世界でなんとか生き残ることができたのは藤沢周平先生の『用心棒日月抄』が厳然と存在していたからです。

「藤沢周平先生、有難うございました」と感謝を最後に申し上げて、拙い講演を終えたいと思います。

（本文内写真は佐伯泰英氏撮影）

本書は『酔いどれ小籐次留書　薫風鯉幟』（二〇〇八年八月　幻冬舎文庫刊）に
著者が加筆修正を施した「決定版」です。

ＤＴＰ制作・ジェイ　エスキューブ

酔いどれ小籐次

新・酔いどれ小籐次

① 神隠し《かみかくし》
② 願かけ《がんかけ》
③ 桜吹雪《はなふぶき》
④ 姉と弟《あねとおとうと》
⑤ 柳に風《やなぎにかぜ》
⑥ らくだ
⑦ 大晦り《おおつごもり》
⑧ 夢三夜《ゆめさんや》
⑨ 船参宮《ふなさんぐう》
⑩ げんげ
⑪ 椿落つ《つばきおつ》
⑫ 夏の雪《なつのゆき》
⑬ 鼠草紙《ねずみのそうし》
⑭ 旅仕舞《たびじまい》
⑮ 鑓騒ぎ《やりさわぎ》

⑯酒合戦《さけがっせん》
⑰鼠異聞《ねずみいぶん》 上
⑱鼠異聞《ねずみいぶん》 下
⑲青田波《あおたなみ》
⑳三つ巴《みつどもえ》
㉑雪見酒《ゆきみざけ》
㉒光る海《ひかるうみ》
㉓狂う潮《くるうしお》
㉔八丁越《はっちょうごえ》
㉕御留山《おとめやま》
㉖恋か隠居か《こいかいんきょか》

酔いどれ小籐次〈決定版〉

①御鑓拝借《おやりはいしゃく》
②意地に候《いじにそうろう》
③寄残花恋《のこりはなよするこい》
④一首千両《ひとくびせんりょう》
⑤孫六兼元《まごろくかねもと》
⑥騒乱前夜《そうらんぜんや》
⑦子育て侍《こそだてざむらい》
⑧竜笛嫋々《りゅうてきじょうじょう》
⑨春雷道中《しゅんらいどうちゅう》
⑩薫風鯉幟《くんぷうこいのぼり》
⑪偽小籐次《にせことうじ》
⑫杜若艶姿《とじゃくあですがた》
⑬野分一過《のわきいっか》
⑭冬日淡々《ふゆびたんたん》
⑮新春歌会《しんしゅんうたかい》
⑯旧主再会《きゅうしゅさいかい》
⑰祝言日和《しゅうげんびより》
⑱政宗遺訓《まさむねいくん》
⑲状箱騒動《じょうばこそうどう》

小籐次青春抄
品川の騒ぎ・野鍛冶《のかじ》

番勝負

〈空也十番勝負 決定版〉

一 声なき蝉（上）（下）

二 恨み残さじ

三 剣と十字架

四 異郷のぞみし

五 未だ行ならず（上）（下）

坂崎磐音の嫡子・空也。
十六歳でひとり、武者修行の
旅に出た若者が出会うのは――。

日本橋の近く、照降町に戻ってきた女性職人・佳乃。文政12年の大火に焼き尽くされた江戸から立ち上がる人々を描く勇気と感動のストーリー。

文春文庫　佐伯泰英の本

柳橋の桜《やなぎばしのさくら》

佐伯泰英

全四巻

画＝横田美砂緒

一瞬も飽きさせない至高の読書体験がここに!

桜舞う柳橋を舞台に、船頭の娘・桜子が大活躍。夢あり、恋あり、大活劇あり。

一 猪牙の娘《ちょきのむすめ》

二 あだ討ち《あだうち》

三 二枚の絵《にまいのえ》

四 夢よ、夢《ゆめよ、ゆめ》

文春文庫

薫《くん》風《ぷう》鯉《こい》幟《のぼり》
酔《よ》いどれ小籐次《ことうじ》（十）決定版《けつていばん》

定価はカバーに
表示してあります

2017年3月10日　第1刷
2024年12月20日　第2刷

著　者　佐《さ》伯《えき》泰《やす》英《ひで》
発行者　大沼貴之
発行所　株式会社　文藝春秋

東京都千代田区紀尾井町 3-23　〒102-8008
TEL 03・3265・1211㈹
文藝春秋ホームページ　https://www.bunshun.co.jp

落丁、乱丁本は、お手数ですが小社製作部宛お送り下さい。送料小社負担でお取替致します。

印刷製本・TOPPANクロレ

Printed in Japan
ISBN978-4-16-790810-2